참꽃 피는 마을

국립중앙도서관 출판시도서목록(CIP)

참꽃 피는 마을 : 임의진 참수필집 / 지은이: 임의진 ; 그린이: 홍성담. -- 고양 : 섬앤섬, 2013
    p. ;   cm

ISBN 978-89-97454-08-2 03810 : ₩13000

한국 현대 문학[韓國現代文學]
한국 현대 수필[韓國現代隨筆]

814.7-KDC5
895.745-DDC21   CIP2013011942

임의진 참수필집

참꽃 피는 마을

차례

요강에 꽃을 · 07
합수나 푸자는데 · 13
내 도깨비바늘 · 22
하늘 꼽추 · 28
사이다맛 · 34
눈사람 · 41
마중물 · 46
저수지 둑길 · 50
따순 가슴팍 · 56
돋보기안경 · 64
장래희망 · 68
낮달 · 72
참지름 한 뱅 · 79
우리들 · 83
비 오는 날, 해바라기 · 94
동갑 · 98
나무의 사랑이었던 나무 · 102
봄날엔 꽃만 필까 · 106
풍경소리 · 114

118 · 촌닭
123 · 발에는 흙을, 손에는 연장을
129 · 외등
135 · 삼거리 이발관
141 · 모과차
146 · 내가 시골에 사는 까닭
160 · 곁님
165 · 별구경
170 · 겨울 하루
178 · 옛일
183 · 언제 다시 들녘 나올까
191 · 직녀에게
197 · 마지막 인디언
203 · 띠리리 리리리
210 · 벌판을 걸어보라
218 · 거시기 머시기
221 · 남녘교회
228 · 작가의 말

요강에 꽃을

날이 풀리자 곧바로 봄맞이 심방을 시작했다. 심방하면 보통 목사가 교인들 집을 찾아가서 예배를 드리는 것으로 이해들을 하시지만, 사실 종교 울타리를 뛰어넘어 어려운 일을 당한 분들, 동네의 극빈자를 찾아뵙는 일이야말로 진짜배기 심방이라 하겠다.

우리 교우들한테는 미안한 이야기일 수 있겠으나 나에게는 불교도든 무신론자든 모두가 한 식구이고 한 자매형제다. 특히 제 앞가림도 할 수 없을 만큼 병들고 가난한 이들을 돌보는 일엔 어떤 이유와 조건도 달아서는 안 될 것이다.

그리하여 나는, 성경책 대신 알사탕 서너 봉지 사들고 마을 사랑방을 찾아뵙기도 하고, 혼자 사시는 할머니 집 툇마루에 걸터앉아 반가운 말벗이 되어드리곤 한다.

"그랑께 열여섯 살 묵어가꼬 이 동리로 시집을 왔는디, 집이라고 끼시럼(그을음)만 꺼엄하고 신랑은 자꼬 무섬증만 나고…….

첫 애기를 낳는다며 볏짚을 져다가 방바닥에 고루고루 깔고는 말여, 이락씰(일으킬) 때까정 드라누워가꼬 죽냐 사냐 양단간 결심을 묵고는 아그를 낳는디이……."

어쩌고저쩌고 이어지는 저 파란만장한 인생살이를, 작년에도 들었던 그 이야기를 또 몇 시간이고 다시 풀어놓고는 하신다. 자기 말에 서러워져 허윽흑 울음을 토하시는 할머니에게 손수건을 펼쳐 건넨다.

"별로이 서럽도 안쿠마는 할무니는 괜히 또 그라시네."

애먼 토를 달면서.

그렇게 한 달여 이웃 동네까지 돌고 나면 주민들의 사시는 형편이며 허물 벗듯 내어놓는 지난 세월의 이야기까지 다 주워듣게 된다.

오늘은 구강포 가까이 봄골 마을을 거닐었다. 작년까지만 해도 솔치댁 할머니가 살고 계셔서 간간이 들르곤 했는데, 그분 돌아가시고는 통 찾아뵙지 못했던 동네다.

나는 무슨 시위하듯 검정색 목도리를 펄럭이며 봄골을 거닐었다. 건조창고 앞에 해바라기를 하고 계시던 마을 분들을 뵙고 머리 숙여 인사를 올렸다.

"거 누구시라요?"

짯짯이 훑어보시던 어르신 한 분이 다가와 물으셨다. 아무개라고 일러드렸더니 못 알아보았다며 모두들 일어서시어 민망할 정도로 인사를 안기신다. 나도 따라 머리가 땅이 닿도록 재차 인사를 올렸다. 일없이 마을길을 걷는 것 같지만 '우리 동네도 목사가 한명 돌아다니는구나!' 그런 마음을 갖게 해드리고자 함이다. 그 정도면 이미 마을에 넉넉한 위안과 위로가 될 것으로 나는 믿는다.

마을을 한 바퀴 돌고 나니 허기가 지기에 군부대 앞 가게에 들러 병에 든 우유에다 빵 하나를 사서 깨물었다. 그리고 나오는데 길 건너편 솔치댁 할머니 집이 눈에 띄었다.

할머니는 지난 늦가을, 큰 추위가 닥치기 전 묘지 쓸 걱정이라도 덜어줄 셈이셨는지 서둘러 눈을 감으셨다. 그리고 마을 뒷산에 있는, 사십 초반의 나이로 죽은 남편의 묘 옆에 실로 수십 년 만에야 부부가 나란히 누워 잠들 수 있었다.

할머니 집은 〈전설의 고향〉에나 나올 법한 흉가로 변해 있었다. 안방 대살문은 살마다 부러지고, 석회가 다 떨어진 흙벽하며 머리 위 서까래는 금방 내려앉을 낌새였다.

나는 먼지 쌓인 토방에 앉아 할머니 기억을 퍼올렸다. 언젠가 아이랑 산책 삼아 다산초당을 다녀오는 길에 할머니 댁을 들른 일이 있었다.

할머니는 틀니를 빼내어 물에 씻고 다시 입에 넣으시고는 내가 사간 비스킷을 호물호물 드셨다. 틀니 빼는 걸 처음 본 우리 해빈이는 저도 이빨을 들어내겠다며 윗니 아랫니를 잡고 한참을 끙끙거렸다. 결국에는 이빨이 안 나온다면서 발을 구르며 울기 시작하는 것이었다. 아이 덕분에 할머니랑 나는 숨넘어가게 웃었다. 할머니가 그렇게 환히 웃으시던 모습은 그날 처음 보았다.

앗, 깜짝이야! 토방 아래에서 고양이 한 마리가 홱 튀어나왔다. 젖부들기가 처져 있는 것으로 보아 토방 아래다 새끼를 낳아 키우는 모양이다. 할머니는 없고 들고양이가 집주인 노릇을 하고 있었다. 토방 아래로 고개를 내려뜨렸는데, 아, 거기에 글쎄 요강이 있었다. 할머니 쓰시던 묵직한 사기요강이 쓸쓸히 앉아 있었다.

솔치댁 할머니를 마지막으로 뵙고 온 날, 나는 일기에 이런 시를 남긴 일이 있었다.

외딴집 홀로 사시는 솔치댁 할머니한테
뭣 좀 사들고 찾아뵀는데 요강이
벌건 대낮에, 방안에 그대로다
앗따 할무니, 요강은 비우고 사시재만은 그라십니까
웜메- 오메 그랬쏘 우새시려버서 으짜까잉
할머니 얼굴이 처녀 얼굴만큼 붉어진다

자식새끼들 우글우글 모여 살 때는
요강 넘친 일 많았겠지

토방에 내다 놓으시는데
할머니, 뼈만 남은 한 손으로도 가뿐히
들어 옮기신다
이제는 따뜻한 오줌 한 발도 받기 귀한
저 요강
너 따순 방에서 좌선할 날도
머지 않겠구나

할머니, 토방 아래로 요강을 내려놓으시고는
국보 다루듯 걸레로 겉 한번 훔치시고
그 걸레로 또 내 털고무신까지
극진히 닦아 놓으신다

  그날 내가 시에 적어 두었던 염려처럼, 요강은 주인을 여의고 토방 아래 찬 바닥에서 쓸쓸한 세월을 보내고 있었던 것이다. 요강을 들고 나와 마을길을 걸어오는데, 안골 승식이 아재가 말을 걸어오신다.
  "그거이 뭐시당가요. 요강 아니당가요?"
  "예, 맞구만요."
  "유재(이웃) 부끄럽게시리 누가 보문 으짜실라고잉……."
  고개를 가로 저으시며 그러신다.

"제가 요새 오줌 조절이 잘 안 돼가꼬 아조 요강을 들고 안 댕깁니까."

"흐흐— 뭔 그랄랍디여. 누가 버린 거 주워 오신가 본디, 시상에 주슬 것이 없어가꼬 요강이랍니까요."

승식이 아재는 혀를 끌끌 차시며 골목길을 접어 들어가신다.

집에 돌아와 나는 수세미로 요강을 번들거리도록 닦았다. 누가 알 것인가. 이 요강에 얽힌 사연을.

나는 이제 이 요강에다 한 바리 가득 꽃을 꽂아 놓을 작정이다. 하루가 다르게 움터 가는 매화꽃을 맨 먼저 꽂으리라. 산수유 나뭇가지며 갯버들, 참꽃 진달래, 가시엉겅퀴도 꽂으련다. 물을 가득 채우고 그 위에 할머니를 쏙 빼닮은 할미꽃도 띄워야지.

"솔치댁 할머니, 제 집에다 할머니 요강을 가져다 놨어요. 여기다 꽃을 꽂으려고요. 할머니, 하늘나라에서 꽃씨 좀 많이 뿌려 주세요. 아셨죠? 예쁜 꽃들 품에 안으면 요강이나마 쓸쓸하진 않을 거예요. 할머니……, 살아 계실 때 자주 찾아뵙지 못해 정말 죄송해요."

요강을 매만지며 나지막이 중얼거렸다. 눈에선 눈물이 쏙 빠져 나올 것 같았다.

합수나 푸자는데

"교회 변소 쪼깐 퍼야 쓰겄다야? 똥탑이 똥구녕 아래까지 차올랐드라고."

부지런하기로 이팔청춘은 저리 가라 할 팔십 고령의 은퇴 목사님께옵서 합수를 푸자시는 것이었다.

"오모메, 날씨 한번 좋웅그."

나는 따순 봄볕에 온몸을 켜며 이미룩 저미룩 딴청을 부렸다. 게으른 누렁이를 몰고 슬렁슬렁 만덕산(강진의 으뜸 산, 백련사와 다산초당이 안겨 있는)이나 넘어볼까. 이런 날엔 낮술도 기가 막히겠는데. 군내 뻐드렁니들(준 농민이랄까? 무늬만 농민인 뭐 그런 사람들 있지 않은가)이나 꼬드겨서 참기름 한 병 끼고 마량 앞바다에 나가 생낙지나 씹어볼까. 아니지, 간밤에 읽다만 소설책도 마저 읽어버렸으면 좋겠고 그도 귀찮으면 설교 준비 한답시고 성서 한 장 펼쳐 놓고서 토방에 드러누워 빈둥빈둥 자빠져 노는 것도 따순 봄날에 대한 예의일 것 같았다. 그러나 아버지의 '오기'와 '곤조'를 아는 나로서는 오늘 합수 세례를 오신나게 받아야 될 성 싶어 참말 괴로운 아침이었다.

나를 똥오줌으로부터 구원해 줄 누군가의 방문을 애타게 간구하며 냉잇국에 밥을 말았다. 그러나 고난주간의 하느님이기에 딴 길을 열어줄 것 같지는 않았다. 이다지 찬란한 날씨에 합수나 푸고 있으라니, 아, 분위기 파악이라고는 젬병이신 하느님이시여.

봄에는 입맛이 돌아 밥 한 그릇 정도는 게눈 감출 일이었으나 나를 부려먹고자 밖에서 애타게 서성이며 기다리시는 노 목사님의 눈치를 알고부터는 숟가락은 제쳐두고 젓가락만 깐작거리면서 시간을 다소 끌어보았다. 이거 참말로 밥이 안 넘어가는 고문이 아닐 수 없었다.

"다 묵었제? 언능 일 쪼깐 해보장께?"

어르신의 다그치시는 목소리, 그만 마시던 물에 사래까지 걸려 캑캑거렸다. 피할 수 없는 운명 아니겠는가. 헤지고 낡은 옷으로 갈아입고 빨간 바닥에 흰 등을 얹힌 일장갑까지 꾹꾹 눌러 꼈다. 목사 부자의 똥 푸는 장면을 보면 교인들은 그 얼마나 은혜로울 것인가. 그러나 오늘따라 교인은커녕 길 지나는 행인 하나 보이지를 않는구나.

뒷간에 발을 들여 놓으니 이 일이 교인들이 할 일이 아닌가 싶어 괜히 울화가 치미는 것이었다.

'왜 똥을 교회까지 와서 싸고 그라신단 말이여. 집에서 쪼깐 싸시재마는.'

'아이고야 그렇다고 늙은 삭신들 이런 일에 괴롭힐 일이 또 뭐가 있겠어.'

'이왕지사 일이 이렇게 꼬인 김에 마음잡고 해버리자.'

합수 냄새에 얼른 둔감해지기로 작정하고서는 코를 들입다 밀어 넣었다. 그리고 냄새를 폐부 깊이 빨아들였다.

아―으―, 또옹 냄새.

곧바로 두 발을 걸치는 판자때기를 걷어내고 작대기로 똥탑을 밀어뜨렸다. 군모에 길다란 작대기를 걸어 묶은 똥바가지를 내렸더니 고거이 낭창한 것이 바다낚시에 버금갔다. 뒤따라 저 깊은 밑에서 오래도록 숙성된 인분의 향기가 피어올랐다. 봄의 향기가 뭐 별 다른 것이겠냐며 설핏 위안을 얻으면서도 바가지에 올라오는 사람의 또 다른 거시기에는 고개를 돌리지 않을 수 없었다.

그러고 있는 참인데,

"아따메, 귀하신 분덜이 시방 뭔 일을 그라코롬 재미지게 허고 계신다요?"

어디서 나타났는지 철공소 제석 씨가 모자를 벗고 인사를 안겨 오는 것이었다. 읍내에 철공소를 차려 놓고 안집은 작년까지만 해도 우리 동네 코앞에다 두고 살았던 제석 씨였다. 교회 대문을 고쳐야 하겠는데 시간이 나면 한번 들러 보시라고 며칠 전 전화를 넣었더니 아마 그 일로 찾은 모양이었다.
"허허이, 교인들이 뭣을 삶아 묵었능가 냄새 한번 징해불구만이라이. 앞으로는 집에서들 싸고 오락하시쑈."
"그거이 조절이 그라고 맘대로 된답니까?"
"……."
제석 씨 덕분에 잠시나마 합수 푸는 고역에서 놓여나게 되었다.
하느님이 아침의 내 기도를 들어주신 걸까? 해골언덕으로 올라가던 예수가 형틀 짐을 구경꾼에게 맡기고 잠시 숨을 가다듬은 장면이 따로 없었다. 오늘따라 제석 씨가 무지하게 반가워지는 마음을 누를 길이 없었다.
태산목 넓적 잎 그늘 아래에서 제석 씨는 라일락 담배를 꺼내어 물었다.
"대문은 지가 조만간 해드릴랍니다. 그것은 그라고, 오늘 지가 찾아온 것은 다른 부탁이 하나 있어가꼬 말이지라이. 아부지 목사님헌티 잘 일러주셔가꼬 내 주례 쪼깐 서주시락 하믄 안 되겄쓰요?"
제석 씨는 다가오는 유월에 결혼식을 앞두고 있었다. 서른아홉의 늙다리 총각인 그가 올해로 마흔도 한참 지난 연상의 여인과, 그것도 사별의 아픈 상처를 지닌 재혼의 신붓감과 백년가약을 맺게 생긴 것이다.

　나는 들어가서 차나 한 잔 들자고 목사관으로 부득 모셨다.

　"젖가심이야 먹다만 쭈쭈바 같드라도 말이지라이, 윤희 어매 소가지맹큼은 지존무상이어라우. 지가 벌써부텀 이라코롬 팔불출이요."

　지존무상이라는 말에 사과를 깎다 말고 큭큭거리며 웃음을 참느라 고생이었다.

　"딸을 둘씩이나 거저 얻었으니 횡재까지 하신 거 알기나 하십니까?"

　"그라지라이. 윤희랑 윤정이랑 고것들이 여간 따르는 것이 아니어라. 그냥 인자는 내놓고 아부지라고 막 불러분당께요, 흐흐."

　제석 씨의 누런 앞니에 햇살이 튕겨 반짝거렸다.

　"엄니가 살아 계셨으믄 참말로 좋아하셨을 것인디, 그거이 질로 맴이 아프요야."

　제석 씨는 불현듯 어머니 생각이 나는지 물기 어린 눈으로 먼 산을 바라보았다.

　제석 씨는 철공소를 꾸려오며 서른의 날들을 누구 못지않게 성실히 걸어온 젊은이였다. 뿐만 아니라 근 삼 년을 뇌졸 중으로 쓰러진 어머니의 대소변을 혼자 다 받아내며 결혼적령기를 훌쩍 넘겨 버렸다는 얘기는, 동네 어른들한테 골백번 듣고 한 번 더 새겨들은 이야기렷다.

그렇게 심심찮게 효자의 반열에 언급되던 위인 '윤제석'이지만 서두, 어느 여자가 선뜻 시어머니 대소변을 받아내면서까지 이 가난한 노총각을 사모할 용기가 있었겠는가.
 그러던 제석 씨에게 작년에서야 천생연분이 짜잔 나타났으니, 짚신도 제 짝이 있다는 말이 정녕 허튼소리가 아니었던 것이었다. 허나 세상사가 그렇게 만만한 것이 하나라도 있던가 어디. 신붓감이라고 소개하는 여자를 놓고 주위 사람들은 기절에 초풍할 지경이었다. 서너 살 연상이야 뭐 그렇다손 치더라도, 사별하고서 두 딸을 기르는, 애 딸린 엄마라니. 못돼먹은 사내들 하는 말로, 명 짧고 돈 많은 과부도 물론 아니고 말이다.
 주위 사람들이 결사각오로 뜯어 말렸으나 이 '막강 철공'의 된똥고집을 꺾기에는 애초부터 역부족이었다. 일은 그렇게 한 해를 넘겨 오늘에 이른 것이다.

 윤희 엄마는 남편을 먼저 떠나보내고 사오 년 수절 중이었다. 읍내에서 세차장과 카센터를 운영하는 친정 언니만 믿고 광주에서 이사를 내려온 이후, 부지런히 차를 닦으며 눈물까지 같이 닦았다. 시댁에 두 딸을 맡겨 버리라는 성화도 없지 않았으나 윤희와 윤정이 떼어놓고 어떻게 떳떳이 살 수 있겠느냐고 가당치도 않은 소리라며 일축한 세월이었다.
 저재작년 봄날 형부 집에서 나와 집값이 헐한 잣골 너머 오동

나무집으로 살림을 옮긴 윤희 엄마는 가끔 제석 씨의 트럭 조수석에 앉아 출근길에 함께 보였다. 그것이 재결합의 단초가 될 줄은 말마다 엿들었을 트럭 말고는 누가 짐작이나 했겠는가.

 사랑의 감정이란, 참 알다가도 모를 무엇이럇다. 사랑은 대체 어디에서 어디로 흐를지 짐작할 수 없는 급류와도 같은 것. 무엇보다 오만 가지 이상한 비난을 다 들을 수 있는 조건임에도 재혼을 결심하게 된 윤희 엄마가 참말 야물고 장해 보였다.

 아무튼 늘상 늙은이 송장 나가는 것만 지겹게 보다가 오랜만에 울 너머 오리탕집 재종이의 풋풋한 결혼 소식에 이어 제석 씨와 윤희 엄마의 결혼소식을 듣고 보니 비로소 사람 사는 맛이 느껴졌다.

 "밤마다 코피 흘리지들 말고 커피나 따라들 마시쇼잉"
 "박수는 못 칠망정 재나 뿌리지는 맙시다. 으흐흐."
 툇마루에 앉아 싸구려 믹스 커피에 깎은 사과를 썹으면서 하는 말들이 걸쭉하다.

 합수나 계속 푸자고, 아버지는 다시 나를 불러 세웠다. 감나무와 배나무, 채전 밭에 빙 둘러쳐 합수 못을 팠다. 삽질을 하는 중에 이런저런 생각이 솟아올랐다. 저 합수가 땅에 뿌려져 마침내 꽃으로 열매로 부활하여 돌아오지 않겠는가, 그래 사람도 섞이고 하나 되고 부대끼며 그렇게 뿌려져 살다보면 이 꼬인 인간사 풀릴 날도 있지 않겠는가, 이런 좋은 생각이 말이다.

해마다 부활절이 되면 예수의 부활만 찬미가 된다. 그러나 한 번 생각해 보라. 예수는 우리 모두의 부활을 길 터준 '첫 님'이 아니신가. 이 합수가 이 세상의 모든 꽃과 열매와 나무에 새 삶을 열어주듯 나는 이제 더 이상 예수 한 사람만의 부활을 노래할 일이 아니었다. 우리 곁의 모든 부활에 대해 눈을 뜬 것이다. 예수 혼자만의 부활을 축하하는 우상숭배를 걷어치우고 나는, 이제 나와 너, 우리들 모든 부활을 찬미하리라.

멀리 차를 신나게 몰며 달리는, 그이의 십팔번 〈옥경이〉를 목청껏 따라 부르면서 결혼식장으로 마침내 달려가는 예수를 보았다. 슬픔을 기쁨으로 바꾸어 놓는 저 신비의 마법사, 모든 이기의 담장을 부수고 사랑으로만 연민으로만 하나 되어 인간사 통일을 이룩한 제석 씨와 윤희 엄마에게서 나는 사랑의 무한한 '폭'과 '품'을 읽는다. 노모의 병수발에서 그치는 것이 아니라 이제는 아비 없는 두 아이의 새 아빠로, 그리고 상처 깊은 여인의 그늘막이를 자청한 제석 씨. 또한 온 세상을 향하여 성호를 그으면서, 세차장 차에게 뿐만 아니라 이 세상 모두를 향해 '성수를 뿌리며 세례를 베푸는' 윤희 엄마에게서 예수 부활의 빅뱅을 목격한다.

나는 다시 합수를 떠 나르기 시작했다. 오늘 똥 한 바가지로 현현한 예수가 내 어깨에 낭창히 느껴지고 있었다. 이 양반이 시방은 이 따위 모습이지만 꽃으로 열매로 부활할 때를 내다보니 합수에 대한 그동안의 정 없던 마음이 뚝 사라지고 냄새마저 코끝을 향기롭게 하는 것이었다.

  저놈이 저럴 인간이 아닌데 싱글벙글 휘파람을 불며 합수통을 지고 가는 나를 보시고 아버지는, 거 이상하다 싶으신가 고개를 연방 갸우뚱거리신다. 예배당 현관에서 늘어지게 낮잠이던 누렁이도 놀라 깨어 나를 해괴히 쳐다본다. 성화에서나 봄 직한 빛 너울, 내 머리에 둥근 빛 너울이 쫙 깔린 것을 본 걸까?

내 도깨비바늘

 잣골 동오 씨가 봄밭에 씨앗거리를 가져왔다. 시간 나면 마을을 돌며 구해 달라고 며칠 전 부탁한 일이었는데, 이리 빨리 들고 온 것은 필시 점심때 무얼 잘못 자셨든지 아니면 오늘 하루 무지하게 심심했든지 둘 중 하나일 것이다.
 "하루 죙일 심심혀가꼬 딱 뒈져분지 알았당게요. 시간 있으시믄 나하고 쪼깐 노십시다아?"
 씨앗거리를 토방에 내려놓으며 첫마디가 그랬다.
 거 보시라, 내 말이 맞지 않은가? 홀아비 동오 씨가 무료함을 참다 참다 못해 말동무를 찾아 나선 행차였던 것이다. 수줍어하며 아버지 다리께에 달라붙어 있는 영주도 보였다. 영주는 허구헌날 아버지 뒤만 쫄쫄 따라다닌다. 그림자도 저렇게 바짝 따라다니지는 못할 것이다.

"아빠가 땋아주셨니? 이─쁘네."

세 겹으로 땋은 뒷머리채를 보고 그랬더니

"깡깡이 할머니가요." 그런다.

깡깡이 할머니가 누구냐 하면, 영주 옆집 사는 관산댁 할머니를 두고 일컫는 말이렷다. 여든이 넘은 연세에도 불구하고 어찌나 건강하신지 '단단하다'는 전라도 말인 '깡깡하다'를 붙여 동네 사람들이 불러대는 별칭인 게다. 깡깡이 할머니는 엄마 없는 영주에게는 여러모로 고마운 분이시다.

"글씨 깡깡이 할무니가 울애기 머리에다 요라코롬 동백 지름을 발라 부렀당게요. 그거이 할무니 머리에나 바르는 거시재 어디 애기 머리칼에다가 바를 것이랍니까요?"

동오 씨는 혀를 차며 툴툴거린다. 할머니야 얼마나 애지중지 생각하고 그리한 일이겠는가마는.

영주는 엄마 없이 아빠 손에서 자라고 있다. 영주 엄마는 애초부터 집안 살림과는 인연이 없던 여인이었다. 시골살이에 걸맞지 않게 진한 기초화장이며 망측한 옷차림새로 뻔질나게 어디론가 나다니기 바빴다. 던지고 깨지고 하는 난투극은 이틀이 멀다 하고 벌어졌다. 영주는 그 세간살림이 날아다니는 전장터에서 블록 맞추기 장난감을 만지며 혼자 놀았다.

그러던 어느 날 동오 씨가 시금털털한 트럭을 몰고 일없이 드라이브를 나갔다가 칠량면 어디쯤에선가 행인을 친 사고를 냈다. 수술을 거듭한 피해자와의 합의 과정에서 그나마 달랑거리던 살림까지 아주 거덜을 내고야 말았다. 와중에 영주 엄마는 '죽으면 죽었지 당신하고는 못살아' 하면서 이혼장을 들이밀었다. 동오 씨는 홧김에 막주먹을 휘둘렀고, 한밤중에 경찰차가 출동하는 지경에까지 일은 일파만파였다.

영주 엄마가 영주까지 팽개치고 떠나간 후, 동오 씨는 술로 밥을 삼아 지냈다. 저재작년 가을엔가 작천 양반 고희연 날, 거기 동오 씨가 술이 떡이 된 채 휘청거리고 있었다.
"새장가 무조건하고 보내주는 교회를 댕개부러야 쓰겄습니다. 목사님 교회는 맨 할망구들만 계시니 안 되겄고……."
혀 꼬부라진 소리로 그랬다.
"그럼 그렇게 하세요."
내가 무슨 소리냐고 윽박지를 줄 알았나 본데, 의외로 이렇게 나오자 '이건 아닌데?' 하는 눈치였다.
"그란디 여자측이 우리 영주를 안 이뻐한다믄, 그란다믄 으짜고요?"
내 참, 오히려 이제는 날보고 나무라며 까탈이었다.
영락없이 폐인이 될 것만 같았던 동오 씨가 정신을 차린 일은 영주 때문이었다. 영주가 급성 장염으로 근 달포 입원을 하게 되자 동오 씨는 자기 잘못이라고 눈물콧물로 날밤을 지새우며 간병을 했다. 그 즈음 동오 씨를 딱히 여긴 지업사 하는 친구의 소개로 도배하는 일에 뛰어들더니만 작년에는 일 나가는 날이 부쩍 잦아졌고 찰배미논도 두 마지기나 샀다.

토방에 앉아 영주 머리를 쓰다듬던 동오 씨는,

"자우튼간에 요거이 있응게로 살재, 없었드라믄 폴새(벌써) 절구통 감고 저수지에 빠져 뒈져부렀지라우." 그런다.

"애 엄마한테는 가끔 연락이라도 오는가요?" 물었더니 "그라믄 그년이 사람이게라우."

앙금이 아직 남아 있었는지 욕지기가 세차게 터져 나올 낌새가 보이자 나는 서둘러 아이들이 있다고 눈치를 주었다. 동오 씨는 못한 말이 아쉬운지 불그락해진 얼굴을 연신 손바닥으로 문질러 댔다.

낮잠에서 깨어난 우리 아이는 영주를 보고 씨익 웃었다.

"영주야, 해빈이 데리고 예배방서 피아노 치고 노렴." 그래도 영주는 꼼짝도 않는다. 해빈이는 풀이 죽어 "누나가 안 놀아줘용." 나보고 일러바치기까지 한다.

엄마가 나간 다음부터 영주는 부쩍 아빠 주변을 떠나지 않으려 한다. 아빠가 혹시 저를 놔두고 도망갈까 싶어서 그런가 보다.

"이러고 있지 말고 우리, 애들 데리고 가차운 산이나 댕겨 오까요?"

"그라까라우?"

우리 넷은 바로 앞산 필봉산 옥련암까지 산책 삼아 걸었다. 아이들은 마른 풀섶에도 뛰어들고 떨어진 탱자도 주워오면서 산토끼처럼 폴딱폴딱 뛰어다녔다.

집에 돌아와 아이들 손을 씻겨주는데 바지에 도깨비바늘이 잔뜩 묻어 있었다. 사람 옷이나 짐승의 털에 달라붙어 천지사방으로 씨앗을 뿌리는 도깨비바늘이 그렇게 산에서 마을까지 내려온 것이었다. 아빠들이 도깨비바늘을 떼느라 고생인데 아이들은 떼어낸 걸 다시 옷에 붙이며 장난질이다.

날 데려가줘
너랑 함께 가고 싶어
꼭 달라붙어
너의 마음자락
꼭 달라붙어

도깨비바늘처럼 언제 찾아왔는지 모르게 우리 곁에 찾아온 이 아이들. 도깨비바늘처럼 달라붙어 어디로 데려다 줄는지 어른들 가는 길에 따라 인생이 크게 달라질 아이들.

도깨비바늘을 떼어내며 나는 동오 씨에게 붙은 도깨비바늘, 영주의 얼굴을 힐끔 쳐다보았다. 말로 표현을 다 못해서 그렇지 아이에게 상처가 좀 많을까 싶었다. 저만 때까지는 통실한 시엄마 젖을 만지고 잘 만한 나이인데 말이다.

　동오 씨에게 어서 새 여자가 생겨야 할 것인데, 어디서 도깨비바늘 같은 여인이 동오 씨 에게 묻어와야 할 터인데, 그래서 차가운 영주네 안방과 마당에 화락한 봄기운이 감돌아야 할 텐데……. 저 안쓰런 부녀를 껴안아줄 여인이 도깨비바늘처럼 달라붙어 주기만을 마음속 깊이 빌었다.

　부녀는 내가 싸준 사과 서너 알을 검정 봉다리에 들고서 해가 저무는 마을 쪽으로 저물어 갔다. 아빠 손을 꼭 잡은 예쁜 도깨비바늘, 영주의 뒤로 묶은 머리가 시계추마냥 달랑거렸다.

　나는 여태 손에 쥐고 있던 조그만 도깨비바늘 하나를 내 옷에 묻혔다. 그리고 해빈이 손을 꼭 잡았다. 언제부턴가 내 생에 묻어 따라온 이 도깨비바늘. 떼어놓더라도 보송보송한 고운 흙 위에 곱게 내려놓아야 할 내 도깨비바늘 해빈이를, 버쩍 들어 품에 안았다.

하늘 꼽추

그러니까 소소바람이 불어치던 입춘 날이었다. 사랑방으로 쓸 온돌 흙집 한 칸과 그림내들(친구들) 묵어 갈 수 있는 너른 방 하나 들이려고 첫 삽을 뜬 날이 말이다. 해남 사시는 목수 장로님과 교회 청년 두어 사람만으로 끌어온 일인지라 뚝딱 한 달포면 넉넉잡고 끝냈을 일을 오월이 다 저물어서야 마칠 수 있었다.

길 가다 구경을 온 상배 씨가 "모구(모기) 물 때까정(여름까지) 일을 헐지 알았는디 겁나게도 빨리 지어부렀네요?" 하면서 비꼬는 소리를 그리했다.

"인자 다 끝났네요. 곧 집들이를 할라는디 그때 꼭 오세요이. 동동주 한잔 따러드릴 텡게요." 내 모시는 초대 말에 상배 씨는 "그건 그란다치고, 참말로 젊은 양반이 세상을 거꾸로 사신다만싶소. 온돌 놓는 방을 요새 누가 들인다요. 허허이, 저 창호지 발르는 문 좀 보아. 요새 시상에 누가 저런 문짝얼 단단 말이요잉 글씨."

자꾸 한심한 생각이 드시나 보다.

이왕지사 벌인 일인지라 씰그러진 안채 살대도 바로 세우고, 낡은 예배당 마루도 손을 좀 보다 보니 끼니와 새참을 누군가 거들어줘야만 했다. 교인들이 돌아가면서 그 일을 맡아주셨는데, 누구보다도 자주 부엌데기를 자처하신 분이 바로 최집사님이었다.

집사님은 동네 사람들 말 그대로 옮기자면 '꼽사, 꼽추'다. 유식한 말로 '척추만곡 지체장애'라 부른다는데, 나도 잘 몰라 장애인 단체에 물어보고서야 떠듬떠듬 베껴 적은 장애명이다. 맞는지나 모르겠구나.

집사님은 '최점례'라는 반듯한 이름 석 자도 있고, 그 쪼맨한 몸으로 큰딸 정님이와 군복무중인 정호 두 남매까지 두었으니 '아무개 엄니'라고 불러도 쓸 터이며, 해남 계곡면 출신이라 '계곡댁'이라고 불러도 좋을 것인데 애나 어른이나 할 것 없이 면상을 돌렸다만 하면 '꼽사', '꼽추'라고들 입버릇이었다.

날이면 날마다 술독에 빠져 사는데다 솔찬히 헤리기까지 하던 남편 오씨는 아무리 달램수를 써보아도 예수라면 헝겁스리 사래질치고 내빼는 뚝별씨였다. 오씨가 간경화로 드러눕고서야 계곡댁은 예수님에게 고달픈 인생을 내맡길 수 있었다. 이미 큰딸 정님이는 가출을 밥 먹듯 하다가 종적을 감춘 상태였고, 계곡댁 자신도 잔병에 졸아붙은 몸뚱이로 시작한 신앙생활이라 간구의 눈물은 마를 날이 없었다. 계곡댁은 우리가 슬렁슬렁 부르는 '예수'와 달리, 참말로 간절하게 '예수님! 우리 예수님!'을 다급히 찾았다.

그렇게 몇 년 세월이 흘렀고 집사 직분까지 맡기에 이르자 교회는 물론이고 동네 사람들도 '최집사'라고 챙겨 부르는 이들이 점차 늘어 갔다. '꼼사'라는 별칭은 '최집사님'이라고 깍듯이 챙겨 부르는 교우들 앞에서 부끄러운 입버릇이 되고 말았다.

"지세요. 지신당가요?"

며칠째 보이지 않던 집사님 목소리였다. 그런데 백일은 넘어 보임직한 아기를 유모차에 태우고설랑 계시지를 않는가?

"뉘 집 애기래요?"

집사님은 마당가 맷돌에 앉으시더니 석죽은 목소리로

"정님이 딸년이구만이라."

그러시는 것이었다.

방문을 열고 나오시던 노모가 놀라 다그쳐 물어서야 집사님은 자초지종 입을 떼셨다.

"문딩이 가스나가 글씨 이라코롬 애기를 낳아가꼬 안 와부렀소잉. 징한 년. 으찌게 시집도 안 간 몸뗑이로 지 엄니도 몰르게 애기를 낳을 수가 있당가요. 지가 사람이라믄 애기 난다고 누워 가꼬 엄니가 눈깔에 안 밟혔으까라우? 인자 유재 부끄러워가꼬 이 동네서는 다 살아부렀당게라."

집사님은 말을 꺼내시는 내내 소름끼친 얼굴이었다.

"애기를 맡길 데가 없다고 내보고 쪼깐 키워주락 안하요? 못한다고 그랬더니 고아원 앞에다가 놔뒀다가 다시 찾아오는 길이락 하몬서 찔찔 우는디 그 말에 맴이 사정없이 약해져불더라고라. 돈은 부쳐줄 거싱께 쪼께 걸을 때까정만 키워 달란디 내가 으짜 겄어라우."

"애기 아부지는 뭐 하는 사람이래요?"

"뭔 속인지 지도 몰르겄어라우. 암만 물어봐도 울기만 하니께로. 언제 정호가 그라든디 경기도 어―쪽에 있음시롱 누구랑 합쳐가꼬 살았다고 그랍디다마는……"

아이까지 낳아 몇 달을 거두기도 했으니 말 못할 사연이 숨어 있으리라 싶었다. 아무튼 나는 깨룽깨룽 아기를 어르며 보드란 살결을 덮두들겼다. 아기는 아빠냐는 듯 시익 웃었다.

아이 이름은 신애였다. 나는 '시내가 더 낫겠네.' 속으로 그랬다가 오줌싸개 아이에게 '졸졸 시냇물'이라는 별명까지 붙여줬다. 신애가 노목의 숲에 흘러들어 생기를 불어넣는 시냇물 같은 존재이기를 바랐다.

그러나 동네는 아이의 등장에 수군거렸다. 면상을 찌푸리며 혀를 차는 소리가 여간하지 않았다. 덕분에 집사님과 시냇물은 초여름 찌는 함석집에서 두문불출일밖에.

나는 교회를 향하여 늘어나는 미혼모, 버려지는 아이들 문제를 꺼내 가면서 나름대로 엄호를 해갔다. 교회에 주신 업둥이 아니겠냐고 따듯한 눈길을 부탁드렸다. 다행스럽게도 교인들에게까지 미쳤던 먹구름은 차츰 거두어지기 시작했다. 무엇보다도 시냇물이 부지런히 울어 대면서 제 살길을 찾아갔다. 아기 울음소리라고는 들을 길 없는 시골교회에 참말 살암직스러운 소리가 울려 퍼졌다. 교우들은 안쓰러운 심정으로 차츰 아이를 매만지기 시작했다.

집사님은 몸도 불편한 분이 아이를 키우느라 진땀을 흘리시면서도 전과 달리 얼굴에는 생기가 번졌다. 집사님은 뾰족한 등 때문에 아이를 업어주지 못하는 것이 가장 마음에 걸린다고 그러셨다. 그 말씀에 콧등이 시큰해진 나는 시냇물을 업고설랑 교회 앞마당을 노닐었다.

텃골 사는 뚱땡이 가시내 옥이가 퇴근길이라며 버스에서 내리더니 내 모습을 보고 재밌어했다. 그러고는 시냇물 볼에 쪼옥 뽀뽀를 하고 갔다. 내려놓고 보니까 연붉은 립스틱 자국이 아이의 볼에 묻어 있는 게 아닌가?

"아고고, 울 애기 얼굴 닳겠네" 하면서 입술 자국을 지우려는데, 옥이가 시냇물에 꽃을 띄웠구나, 그런 생각이 밀려왔다. 세상의 모든 따뜻한 입술, 따뜻한 관심의 꽃을 시냇물에 띄워준다면 이 아이는 먼 바다까지 행복한 여행을 다할 수 있으리라.

곧 사랑방 집들이를 근사하게 치르려는데, 그날 시냇물에게 유아세례를 베풀기로 했다. 젊은 교우들은 시냇물을 교우로 맞는 그 날 무슨 선물을 줄까 고심들을 하는 모양이다. 몇 분은 시냇물의 볼에다 뽀뽀자국으로 꽃을 띄울 것이고, 누구는 장미꽃다발을 띄워주겠지? 집식구는 아기 천사가 달린 모빌을 하나 준비하겠단다.

그럼 나는 무얼 선물할까? 뭐니 뭐니 해도 고운 비나리 한 자락만 하겠어? 가엾은 시냇물과 심란한 인생의 정님이, 하늘 꼽추 계곡댁 최집사님, 이들에게 희망과 위로, 평안을 부어주시라고 주님의 보살핌을 빌리라. 또한 주위의 모든 가엾은 아이들을 내 아이로 받아들일 수 있는 '품'을 우리 모두에게 주시라고 비나리 한 자락 간절하게 올리리라.

사이다 맛

 가랑비가 그치자 '쨍—하고 해뜰 날 돌아온단다'의 그날이, 바로 오늘이었다. 장흥 천관산을 넘어온 태양은 강진 땅 하고도 금릉 탐진벌을 다사롭게 달구고 있다. 봄의 중턱에서 여름의 저만치로 나날이 길을 서두르고 있구나.
 올 여름에도 선욱이, 지훈이, 남준이가 불알을 짤랑거리며 물넘이에서 멱을 감을까?
 녀석들이 올해는 나이 한 살 더 먹었다고 멱을 감지 않으면 어쩐다지? 그렇다면 물넘이에서 멱을 감을 만한 아이들이라곤 없을 텐데 말이다. 당당 먼 여름일을 벌써 끄당겨와 별 해괴한 걱정을 다한다 하시겠다. 이러니까 내가 비쩍 마르고 살이 안 붙는가 보다.
 아침 일곱 시 정각, 어김없이 마을 방송은 시작되었다. 요즘 이장님이 주로 틀어 대는 송대관의 네 박잔가 다섯 박잔가 하는 노래가 아침의 고요를 와장창 하고 깨트린다. 마을 방송을 알리는 나팔수 노릇을 한동안 새마을운동 주제가가 하다가 지금은 뽕짝이 그 자리를 대신하고 있다.

날이면 날마다 아침 시간을 송대관, 태진아며 남자는 여자를 귀찮게 핸가 뭐신가 하는 망측한 가사의 노래까지 필히 기십여 분을 들어야 한다면, 그대는 어떻겠는가. 살고 싶겠는가, 죽고 싶겠는가?

처음 목사로 부임해와 몇 달 동안은 너무 견디기 괴로워 베개로 머리를 누르고 그 위에 이불까지 뒤집어써야 했다. 그러다 어느 때부턴가 '오냐 그래 틀어라'로 마음 정리가 되었다. 제대로 말하자면 그 끈덕짐에 두 손 들어 버린 것이다.

노래가 몇 곡 끝나면, 이장님은 잠자는 아이를 깨우는 심술궂은 아버지처럼 클클 가래기침을 개어내시며 "하나 둘, 마이크를 시험합니다요. 하나 둘, 잘 들리싱게라우?" 그러고는 쇳소리가 나는 높은 톤의 목소리로 본론을 꺼내기 시작한다.

오늘 방송은 근 일주일을 징상스럽던 온천 관광건의 대미를 알리는 내용이었다. 관광버스가 여덟 시까지 마을 앞에 당도하니 가기로 약정금을 낸 분들은 서두르란다. 농사가 한창일 때 이런 일은 꿈도 못 꾼다. 마침 나들이하기에 좋은 시기가 이맘때 아니겠나.

참꽃 피는 마을 | **35**

관광버스가 마을로 내려가는 걸 예배당 변소에서 나오다 보았다. 지지리도 운이 없는 관광버스로구나 싶었다. 우리 동네 아짐들 같이 버스춤을 목숨 바쳐 추는 이들도 드물 것이기에 말이다. 아저씨들은 가만히 앉아 구경이나 해야지 일어나 춤이라도 한번 땡기려 했다가는 아짐들 엉덩이에 천금같이 아끼는 허리뼈 나가기에 딱 좋다. 그 큰 방뎅이에 한번 받혔다가는 뒤로 나자빠지지 않을 장정이 어디 있겠는가. 가고 오고 하는 내내 버스춤을 추어 댈 터인데, 저 버스가 그 하중을 어찌 다 견딜는지……. 여하간 무탈하게 잘 댕겨오세요, 즐거운 여정을 빌어 드렸다.

마을에 남은 사람이라곤 나처럼 재미하고는 담 쌓은 인간들이나 먼 행보가 어려운 연로하신 분들, 혹은 장롱 속에 숨겨둔 금덩이가 꽤 무겁고 불안하여 여행을 떠날 수 없는 부자일 뿐이리라.

마음 같아서는 나도 관광버스에 올라 같이 노래도 부르고 흔들어 대고도 싶은데, 이놈의 목사 체면이 어디 그런가. 예수님이라면 분명히 오늘 그 버스에 올라탔을 것이다. 그리고 온천에 맨 먼저 발가벗고 뛰어들어 찌뿌드드한 삭신을 녹이고, 낯술에 발그레 취해설랑 버스춤의 진수를 본디박이로 보여주셨을 텐데…….

개집 앞에 앉아 강아지친구 별똥별이랑 놀던 해빈이가 그도 싫증이 나는지 자전거를 태워 달란다. 아이를 자전거 뒤에 태우고 마을로 내려갔는데 을덕 씨가 구판장 앞 공중전화통에 오그려 앉아 담배를 뻑뻑 빨아 물고 있었다.

사람의 종류에, '내놓은 사람'과 '내놓을 만한 사람'이 있다던데, 을덕 씨는 일찍이 내놓은 사람으로 이 동네 대명사가 된 위인이렷다. 수전증까지 보이는 알코올 중독인데다 성질머리도 뭣 같아서 피식하면 애들마냥 쌈박질이었다. 학명 마을에 제집인 함석집이 있기는 하지만, 태생이 이곳이라 안골에 주로 내려와 예전 어머니 살던 빈집에 거하는 날이 잦다.

"저만 떨궈 놓고 가부렀다고 인데까정 저라고 앉어 있다요."

구판장에 마실 나온 북일댁 할머니가 살짝이 귀뜸을 해주셨다.

돈 안내고 그냥 한번 얹혀서 가볼 생각이었던 모양인데, 다른 사람 같았으면 가엾은 마음에 갹출을 해서라도 데려갔을 것이다. 하지만 을덕 씨가 누군가. 이틀이 멀다 하고 술주정이 가관인 개망나니가 아닌가.

웨하스 하나를 사들고 나오는 길에 을덕 씨를 일으켜 세웠다.

"아침 안 드셨재라우? 교회로 가서 묵읍시다."

예전 같으면 됐다고 뒷걸음쳤을 그가 언짢은 마음을 위로받고 싶은가 해빈이를 무동 태우고서 내 자전거를 졸졸 따라왔다.

집에 당도하자마자 춘향가 중 '갈까부다'를 찾아 틀었다. 염장을 지르는 노래일 수 있겠지만, 오늘 을덕 씨의 배경음악으로 적격이다 싶었다.

"갈까부다 갈까부다 님 따라서 갈까부다. 천리라도 따라 가고만 리라도 갈까부다. 바람도 쉬어 넘고 구름도 쉬어 넘는, 수진이 날진이 해동청 보라매 다 쉬어 넘는 동설령 고개라도 님 따라 갈까부다……."

식사를 다 마친 을덕 씨에게 "같이 못 가서 서운하신가 본디 화는 쪼깨 풀리셨어라?" 물었더니 "지가 무담씨 이란다요? 웽간하믄 넘어갈라 캤는디 인자 더는 못 참겄구만이라우. 작것들이 지를 무시하기를 맴생이(염소) 똥만도 못허게 여긴당게요." 거머쥔 주먹을 부르르 떨며 화를 삭였다.

배도 부르고 하여 그 길로 집에 돌아간 줄 알았는데 읍내 나가는 길에 보니 교회 앞길 버스 승강장 속에 웅크려 누워 잠을 청하고 있었다. 집에 들어가 잘 일이지 왜 저렇게 노상에서 자는 걸 좋아할까, 한숨이 절로 나왔다. 읍에 다녀오며 다시 보니 여태도 그 자리에 꼼짝 않고 누워 있는 게 아닌가.

'혹시 저 사람 지금 관광버스 기다리는 거 아냐?' 그렇다면, 그렇다면 큰일인데…….

저녁이 으슥해진 즈음, 텃골 들어가는 예배당 앞길에 버스가 멈춰 섰다. '앗싸라비아 으싸 으싸' 방정맞은 추임새가 들어간 노랫소리로 보아 아침에 떠난 그 관광버스였다.

나는 승강장에 누워 있던 을덕 씨 생각에 '워매, 큰일 나불겄네' 하면서 서둘러 나가보았다. 어디서 또 술을 먹고 나타나 이장님을 때려눕히든지 아니면 버스기사나 마을분들에게 무슨 해코지를 할지 모르기 때문이었다.

버스에는 아직 양이 덜 찼나 섭섭한 아짐들이 몸을 흔들고 있었고 운전기사는 어서 내리라는 투로 오만상을 찌푸리며 앉아 있었다. 가만 보니 교인들도 몇 보였다. 나를 보고는 카바레에 들이닥친 '카메라 출동'을 만나기라도 한 듯 당황해하는 기색이 역력했다. "잘 노시고 오셨어요? 얼굴이 화악들 피셔부렀네." 반겼더니 머리를 긁적이시며 부리나케 달아나신다. 그러는 경황 중에 멀찍이서 벼락 소리가 우르릉 들려왔다.

"씨발, 재밌드냐? 재밌어부렀어?"

얼게벌게하고 달려드는 을덕 씨 소리였다.

버스에서 서둘러 내린 잣골 진씨가 "을덕이, 어른들 계신디 이라믄 안 되재." 감아 잡으면서 관광기념이라는 글씨가 선명한, 효자손 하나를 선물이라고 내밀었다.

"필요 없당게라."

을덕 씨는 사정없이 땅바닥에다 효자손을 팽개쳐 버렸다. 그걸 다시 주운 신정 양반이 향나무로 깎은 듯 보이는 밥주걱까지 하나 보태 쥐어주며 "을덕아이, 니가 없응게로 시상 재미 한테기 없드라이. 널 데꼬가야 썼는디 말여" 하시면서 을덕 씨를 추켜세웠다. 이장님은 "으짤 수 없었지 않응가. 자 이거 한잔 들라고." 술잔도 내밀었다.

을덕 씨는 푸짐한 안주와 남은 소주를 보더니만 눈에 세운 핏대를 일순간 허물어 버렸다.
"죙일 기다렸는디……."
못다 한 행패를 서운해 하며 술잔을 받고는 "줄라믄 싹—줘" 하면서 병째 빼앗는 것이었다.

동네 분들은 다 내려 집으로 흩어지고 관광버스는 허정허정 마을 밖으로 내뺐다. 술병을 꿰차고 버무리떡 한 접시도 따로 챙긴 을덕 씨는 이 밤 어디로 갔을까. 종일 별렀다는 게 고작 이 정도라니, 이빨 빠진 호랑이가 되어 버린, 깡탈이 날로 싱거워지는 그이가 안쓰럽다.

이장님은 마지막까지 남아 뒷정리를 하시다가 내일 아침 방송을 염두하고 그러시나 사이다 한잔으로 여러 번 목을 헹구셨다. 승강장에 앉아 달구경을 하던 나를 보시고 한잔 건네신다. 토—옥 쏘는 사이다 맛이 꼭 이 마을에 사는 맛 같다.

눈사람

시방 밖은 온통 새하얀 눈 세상이로다. 잠깐 흩날리다 그칠 자국눈 정도로 알았는데, 나무와 나무 사이 스치는 소리가 잦아지더니 봇물 터지듯 함박눈이 쏟아지기 시작했다.

날이면 날마다 감나무 가지에 앉아 내 일상을 향해 눈길을 두어 쌓던 상딱새가 소식 없이 종적을 감출 때에는 짐작했어야 할 폭설이었다. 하루아침 삽간으로 뜨락의 마른 가시 엉겅퀴도 눈더미에 파묻혀 보이질 않고, 전나무와 호랑가시나무는 눈꽃 봉오리가 송올송올 영글어 햇살 없는 겨울 한낮을 훤히 밝히고 있다. 그래 저리 예뻐서 크리스마스 카드에 자주 등장하는가보다 싶었다.

어젯밤에서야 보니 만년필에 쓸 잉크도 바닥나 없고, 새벽명상 때 켤 초도 다 떨어져 오늘은 읍내엘 꼭 나가야겠는데, 도로가

빙판이라 어찌해야 할지 모르겠다. 그래도 수북이 쌓인 함박눈이 싫지가 않다. 강아지나 아이들처럼 눈만 내렸다 하면 마냥 즐겁고 반가운 나는, 아무래도 나이를 헛먹은 모양이다.

눈이 내린 날은 아침이 바쁘다. 무엇보다 간밤에 식은 온돌방에 장작을 지펴야 한다. 한나절 글이라도 몇 줄 쓰고 책이라도 몇 쪽 읽으려면 아랫목을 따습게 데워 놓아야 한다. 눈은 내리기 전만 그렇지 오히려 내린 이후의 날씨는 푸근한 법이다. 하지만 인간의 마음이란 오죽 자발머리없던가. 눈을 보고 난 다음은 마음마저 불불하여 추위가 뼛속까지 파고드는 것만 같다. 그 마음을 달래줄 참으로라도 장작개비를 서너 개 더 웃던져 넣어야 한다.

평소 아침식사는 밥을 들지 않고 미숫가루나 찐 고구마를 과일과 곁들여 가볍게 먹곤 하는데, 요즘은 단물이 줄줄 흐르는 해남산 물고구마를 아궁이 숯불에 구워먹고 있다. 이 지방에서는 '비지땅'이라 부르는 부지깽이로 벌건 숯을 뒤적이고, 그 속에 잔칫날 쓰다 버린 알루미늄 일회용 접시에 고구마를 잘 싸서 던져두면 껍데기 한 군데 타지를 않고 고스란히 잘 익는다. 그렇게 고구마를 아궁이에 맡겨두고 다음 할 일을 찾아 나선다.

가죽장갑 위에 털장갑까지 눌러 꼈다. 예배당 현관으로 들어오는 길과 목사관으로 이어지는 모퉁이 길에 쌓인 눈을 쓸고 모래라도 조금 흩뿌려 놓아야 할 것 같아서였다. 젊은 나야 미끄러지며 눈길을 걷는 일도 즐거운 일이다. 그러나 허리가 굽은 노모도 계시고 교우들이 모두 노년층인지라 혹여 예배당을 찾으시다가 낙상할까 염려스러워 그리 하는 것이다.

  이런 날을 고대하며 진작 널빤지를 또닥거려서 눈삽도 만들어 놓았다. 삽질도 하고 빗자루로 쓸기도 하면서 두세 사람 족히 다닐 만한 길을 텄다. 일을 다 마치고 돌아서려는데 갓길로 내버린 눈이 자꾸만 눈에 밟혔다. 저렇게 천대받으려고, 버림받으려고 내린 눈은 아닐 것이라 싶었다.

  '오랜만에 눈사람을 한번 만들어 보는 건 어떨까?'

  어린 시절을 시골에서 다난하게 보낸, 추억 속의 내가 가슴속에서 한마디 거들고 나섰다.

  그거 한번 좋은 생각이었다. 곧바로 나는 눈덩이를 굴리기 시작했다. 큼지막한 눈덩이를 만들고 그보다 작은 눈덩이를 굴려 층이 되게 세워 올렸다. 남은 눈도 많기에 눈사람 하나를 더 만들고 서로 몸이 붙게 나란히 세웠다. 그리고 검은 숯을 가져와 이목구비를 만들어 붙였다. 둘 다 다른 곳을 쳐다보는 것은 보기에 안쓰러울 것 같아서 눈사람 둘이 서로 얼굴을 마주 보도록 해주었다. 이왕 하는 김에 나뭇가지에 눈살을 붙여 긴 팔을 붙여주고 서로 끌어안게 했더니 보기에 그렇게 정다울 수가 없었다. 안아주기, '허그' 하는 눈사람 짝꿍. 끝으로 등을 서로 매만지는 모양을 한 뭉툭한 손까지 붙여주었다.

태평양 어느 섬의 부족들처럼 콧등을 비비며 인사를 하는 두 눈사람, 그 다정한 모습에 미소를 베어 물지 않을 이가 없을 것 같았다.

계속 영하의 날씨라 눈사람은 오늘까지 녹지 않고 있다. 오가는 행인들을 흐뭇하게 해주고 있는, 둘이 껴안고 있는 눈사람을 만들기를 참 잘했다.

"우리 목사님은 언제서야 철이 드실랑고."

노모는 한숨을 폭폭 내쉬지만, 내 작품(?)이라 인사로 그러는지 모르겠으나 눈사람을 본 이들마다 기분이 좋아지더라고 말씀들을 하셨다.

방학 첫날부터 볼이 트도록 쏘다니고 있는 초등학생 정훈이랑 지훈이 형제가 예배당 앞길을 지나다가 눈사람을 보고 달려왔다.

나는 지훈이를 껴안고 얼굴을 비벼 댔다.

"수염 땜에 따갑당게요."

도리질을 친다. "저 봐라. 눈사람도 얼싸안는데." 그랬더니 "눈사람은 수염이 없잖아요." 턱을 내밀며 대꾸다. 요 귀여운 것, 한 번 더 끌어안고 수염턱을 마구 문질러 댔다. "살려줘—어." 비명 끝에서야 놓아주었다.

언제부턴가 나는 절친한 이들과 헤어질 때면 악수보다는 '얼싸안기'를 한다. 보듬고 등을 만지면 너와 내가 둘이 아닌 하나임을 깨닫게 된다. 그리고 멀리 떨어져 살아도 우리는 하나임을 잊지 말자는 기원의 행사로 그리 한다. 이 세상에서 가장 아름다운 손은 악수하는 손이라고 할 수 있겠다. 하지만 나는 그보다도 얼싸안고 등을 어루만지는 손이야말로 이 세상에서 가장 아름답고 희망적인 손이라고 믿는다.

저 눈사람은 햇살에 녹아 본디처럼 물이 되어, 하나가 되어 바다로 흘러갈 것이다. 우리 인생살이도 마찬가지다. 이 세상을 떠나는 날, 우리는 모두 하나가 되어 신神의 정원을 산책하고 있으리라. 그러니 벗들이여! 살아 있는 동안 어리석게도 미워하지 말일이다. 얼싸안고 사랑하며 사는 일에만 오직 정진하고 매진하자. 하물며 우리 집 눈사람도 얼싸안고 있는데 말이다.

마중물

창문 너머 멀리 빨간 짐칸을 싣고 오는 오토바이가 보이면, 나는 서둘러 예배당 마당까지 마중 나가 우편배달부를 맞곤 한다. 한창 사람 무리에 섞여 살 나이에 산간벽지 깊디깊은 오지에 묻혀 살다보니 그렇게 사람이, 사람의 소식이 그립고 간절해지는 갑다.

우편물을 건네고 돌아서는 집배원에게 커피라도 한 잔 들고 가시라 번번이 권하지만 때마다 사양을 하신다. 그런데 오늘은 배달할 물량이 적은지 "그래도 괜찮겠습니까? 뜨거운 커피 좋습니다." 하면서 토방에 잠깐 앉으시는 거다.

나는 롤빵 한 조각을 잘라 접시에 놓고 커피 주전자를 꺼내어 새 물을 받아 끓였다. 물이 끓는 사이, 방에 들어가 집배원과 망명객인 시인 사이에 피어난 우정을 다룬 영화 〈일 포스티노〉의 배경음악을 올려놓았다. 음반을 통해 낭송되는 칠레 시인 '파블로 네루다'의 시가 온 집 안에 은은히 퍼지고 있었다. 내가 집배원에게 드릴 수 있는, 나로서는 최대의 감사 표시로 그리 한 일이었다.

　빵을 곁들여 후후 불어 가면서 맛있게 커피를 다 마신 집배원은 다시 장갑을 끼고 털목도리를 감고 오토바이에 올랐다. 입춘이 지났으나 시샘 바람이 몹시 차가운 한낮의 일이었다.

　알고 보면 이 세상에 고맙지 않은 존재란 없다. 심지어는 나에게 아픔과 상처를 안겨주는 악역을 맡은 이까지도 내 영혼의 진화를 위해 고마운 존재이다.

　그럴진대 매일 집까지 방문하여 내 앞으로 부쳐온 우편물을 전해주는 집배원에게 고마운 마음을 갖지 않는대서야 말이 되겠는가. 아무리 직업이라 하나 고마운 일은 고마운 일이다. 힘들고 어려운 수고를 통하여 우리네 삶을 돕고 삶을 풍요롭게 가꿔주는 은인이 어찌 집배원뿐이랴.

　재작년 나는 〈마중물이 된 사람〉이라는 제목의 시 한 편을 쓴 일이 있었다. 가난한 이들과 동고동락을 같이하다가 끝내는 그들을 위해 목숨까지 내어준 예수, 그분의 고난을 기리는 사순절 동안에 님의 고마우신 삶을 묵상하면서 이 시를 쓰게 되었다.

　우리 어릴 적 작두샘에 물 길어 먹을 때

마중물이라고 있었다

한 바가지 먼저 윗구멍에 붓고
부지런히 뿜어대면 그 물이
땅 속 깊이 마중 나가 큰물을 데불고 왔다

마중물을 넣고 얼마간 뿜다보면
낭창하게 손에 느껴지는 물의 무게가 오졌다

누군가 먼저 슬픔의 마중물이 되어준 사랑이
우리들 곁에 있다

누군가 먼저 슬픔의 무저갱으로 제 몸을 던져
모두를 구원한 사람이 있다

그가 먼저 굵은 눈물을 하염없이 흘렸기에
그가 먼저 감당할 수 없는 현실을
꿋꿋이 견뎠기에

 그대의 아련한 기억 속에도 작두샘이 있을 것이다. 그리고 작두샘에 마중물 한 바가지 붓던 기억도…….

마중물, 이것은 오늘 이 시대 가난한 이들에게 다가가 그들의 위로와 용기가 되어주는 작은 예수들에게 드리고 싶은 이름이다. 뿐만 아니라 슬픔, 아픔, 수고를 대신 짊어지고 살아가는 낮은 자리의 낮은 사람들, 그들 모두를 일컬어 마중물이라 부르고 싶다.

저수지 둑길

 오늘 하늘은 구름떼로 뒤덮여 열기가 많이 수그러든 여름날이다. 그래도 여름은 여름인지라 후텁지근하기는 매일반이다. 선풍기를 틀어놓고 대자리에 누워 있었는데 볕마당 대신 방에다 널어둔 고추 때문에 재채기가 연발이었다. 빨간 고추들이 자꾸만 나를 밖으로 떠밀어냈다.
 구멍가게에 들러 얼음과자나 하나 깨물 셈으로 동네를 향해 발길을 내디뎠다. 그런데 아스팔트 도로가 신발 밑으로 느껴지는 순간 얼음과자 생각이 뚝 떨어지는 것이었다. 차라리, 하는 생각이 밀려들었고 나는 어느새 저수지 둑길로 접어들고 있었다.
 저수지 둑길에 서면 들녘에서 몰개쳐오는 시원한 바람이 옷깃, 머리칼은 물론이고 무더위까지 날려 보낸다. 그까짓 얼음과자 따위에 비하랴.

나는 이 둑길을 걷는 일을 취미라면 취미요 낙이라면 낙으로 삼고 살아간다. 저수지에 찰랑거리는 물에 맨발을 담가보기도 하고, 풀대를 하나 꺾어 물고 비릿한 풀 맛에 황홀해하기도 한다. 저수지 둑을 혼자서 거니노라면 급기야 시인이 되어 돌아오곤 한다.

더욱이 저수지 둑길은 내 유년의 추억 한 켠에 소중한 장면으로 개어져 있는 곳이다. 그 길에 들어서는 순간 나는 기억 저편으로의 여행을 떠난다. 타임머신을 탄 듯 그 길에 들어섬과 동시에 걸리버처럼 키가 줄어들고 피터팬처럼 어깻죽지에 날개가 돋아 오른다. 거기서 나는 그리운 형의 손을 잡고, 송아지와 경중거리면서, 나니나니나 둑길을 달음질치곤 한다.

나보다 한 살 많았던 형은 다운증후군 장애인이었다. 형은 이제 저 하늘로 돌아간 사람이지만, 내게는 잊을 수 없는, 또한 머릿속에 지울 수 없는 사람이다.

동네 아이들 사이에서 형은 '병신, 멍충이, 버버리'로 통했다.

형 덕분에 우리 집 식구들은 '버버리집 아무개'로 다짜고짜 불려졌다. 형이 태어났을 때 목사가 병신자식을 보았다고 아예 교회를 떠난 교인도 있었다 한다. 철없는 아이들이야 그렇다손 치더라도 나잇살 먹은 어른들조차 뻔히 알고 있는 이름을 머리에서 지워 버리고 '버버리'라고 쉬이 불러 댔던 그 시절에는, 말 못하는 아이 하나 가리켜 버버리라고 부르는 것쯤이야 대수롭지 않은 일이었다.

그러나 동네에서는 버버리든 뭐든 불러 댔어도 우리 집에서만큼은 형을 이름 그대로 다정히 불렀다. 그리고 밤늦게까지 집에 돌아오지 않으면 온 식구들이 서럽게 울면서 이리저리 동네 구석구석, 온 들판을 찾아 헤매고 다녔다. 우리 집에서만큼은 형은 병신도, 멍충이도, 버버리도 아니었고 오직 사랑하는 식구 중 한 사람이었을 뿐이었다.

학교를 다니지 못했던 형은 날마다 초등학교에 찾아와 운동장에서 내가 수업을 마치고 나올 때까지 기다리고 있었다.

"느그 성 왔다."

유리창 가까이 앉은 녀석이 무슨 보고 올리듯이 꼬박꼬박 챙겼다. 그러면 나는 유리창 너머로 형이 있는지 없는지 살펴보았고, 고무신을 벗어 흙놀이를 하거나 시소에 올라가거나 하면서도 내가 있는 교실로 눈을 떼지 않는 형에게 간간이 손을 흔들어 주기도 하였다.

그러나 형이 감기라도 걸려 드러누운 날이면 운동장은 하냥 쓸쓸한 빈 구석이었다. 형 때문에 당하고 사는 고초를 생각하면 후련한 마음이 들어야 쓸 터인데 형제간 정이란 게 참 괴이한, 알다가도 모를 무엇이었다. 둘이 재재거리며 돌아오던 신작로를 혼자서 걷노라면 마음 한 귀퉁이가 여간 허전한 것이 아니었다.

그러다가도 며칠 후 다시 운동장에 형이 보이는 날이면 얼마나 마음이 새구럽게 환해지고 따뜻해오던지……. 그래 반가움에 가방을 미처 메지도 않고 뛰어나오는데 동네 덩치들이 가라는 집은 가지를 않고 '너 오랜만에 본다'는 듯 형을 빙 둘러싸고 섰는 게 아닌가? 아니다 다를까 시누대 끝으로 푹푹 배를 찌르며 "병신아! 모지리야!" 놀리고 있었다.

나는 책가방을 던져두고 녀석들에게 미친 듯이 대들었다. 그러나 우리 형제는 집단으로 달려드는 왈패들에게 후줄근 두들겨 맞았고 바닥에 나뒹굴며 꺼이꺼이 서러운 울음만 뱉어냈다. 던져두고 간 '병신새끼들이 쑈를 한다'는 말이 가슴 밑바닥까지 후벼 댔다. 우리 형제는 흙을 털고 일어나 소매로 코피를 닦고 집을 향해 걸었다. 그런 날은 미루나무가 늘어선 황톳길이 그렇게 멀고 아득할 수 없었다.

하굣길에 괴롭히는 아이들이 두려워진 형은 학교에 나타나는 일이 뜸해졌다. 대신 들판에서 혼자 지내기 시작했다. 송아지, 염소, 개떼, 들꽃, 나비, 메뚜기, 개구리, 미꾸라지, 물총새……. 사람에게서 버림받은 형은 이들로나마 친구를 삼고 외로움을 달래야 했다.

행여나 빠질까 가지 말라던 저수지 둑방이었지만 형은 막무가내였다. 바로 송아지 때문이었다. 형은 어미 소 곁에 뛰노는 송아지 앞에 앉기만 하면 옴짝달싹 않고 삼매경이었다. 그러다가 항상 어둑해져서야 돌아왔고 어떤 날은 아예 송아지를 따라가 주인네에게 밥을 얻어먹기도 했다. 그런 날은 아버지에게 된통 지청구를 얻어 들어야 했다.

하루는 왜 그렇게 형이 송아지를 좋아하는지 큰누나에게 물어 보았는데, 말이 끝나기도 전에 알밤부터 날아왔다.

"얌마, 그걸 모르겄냐? 니가 성하고 안 놀아중께 쇠양치 같은 것을 동무 삼아가꼬 노는 거시재."

형에게는 내가 송아지만도 못한 존재라니, 형을 부끄러워하고 또 귀찮아 여겼던 날들이 그렇게 미안할 수가 없었다. 그래서 형을 찾아 나섰는데, 그날따라 보이지를 않았다. 동네 사장 거리에도 없고 저수지 둑길에도 없고 미루나무 늘어선 들판에도 없었다.

나는 다시 집으로 달려와 사태의 심각성을 알리고는 온 식구들을 이끌고 나왔다. 아무리 찾아보아도 형도 없고 송아지도 보이지 않았다. 우리 식구들은 난리가 났다. 밤은 솥뚜껑처럼 내려오는데, 세상은 온통 먹장이 되어 가는데…….

송아지 주인네를 찾아갔다. 이미 송아지는 외양간에 들어가 있었고 형은 보이지를 않았다. 주인네 말에 따르면 오늘은 저수지 둑에다가 소를 묶지 않고 공동묘지 근처에다 맸다는 것이었다.

그런데 어떻게 알고 찾아왔는지 그곳까지 형이 나타났고 집으로 가라고 암만 뭐라 그래도 말을 듣지 않더란다.

송아지 주인네가 손전등을 켜들고 앞장을 섰고 우리 식구들은 제발 그 자리에 있어주길 빌며 공동묘지 근처로 달려갔다.

오! 하느님 감사합니다!

형은 그 자리에 있었다. 온몸에 소똥이 범벅이 된 채, 으으으으 떨며 울고 있었다. 그 광경을 본 식구들은 바닥에 털썩 주저앉았다. 어머니는 형을 붙잡고 실성한 사람처럼 울었다. 식구들도 따라서 소리 내어 울었다. 송아지 주인네도 눈물을 훔쳤다.

그날 이후로 송아지 주인네는 늘 저수지 둑방 둘레에다만 소를 맸다. 그 송아지는 어미 소가 되었고 새끼를 낳아서도 늘 그 근처에 보였다.

나는 다시 저수지 둑길에서 송아지를 만나고 싶다. 이제는 저수지 둑방뿐 아니라 들판 어디에서도 소를 구경하기가 어렵다. 아마도 인심이 사나워져 도둑 손을 탈 것이고, 소가 '일'이 아닌 '돈'으로 값어치가 매겨지는 세상이 되어 버렸기 때문이리라. 경지정리로 논둑길도 전과 같지 않고, 일을 대신하는 기계들만 들녘에 가득하니 형이 아직 살아 있다면 그나마 자연의 동무마저 없겠구나 싶다.

그나저나 저수지 둑길에서 풀을 뜯는 송아지를 꼭 한 번만이라도 다시 보고 싶다. 그러면 나도 형처럼 쪼그리고 앉아 송아지랑 이야기를 나눠야지. 그렇게 앉아 있노라면 형 생각에 두 눈이 크렁하게 젖어 오겠지?

따순 가슴팍

　방긋방긋 꽃불이 피어오르고 있다. 병아리를 닮은 노란 수선화는 그토록 깡깡하던 얼음땅을 뚫고 올라와 펑펑 꽃망울을 터뜨리고 있다. 새순을 내민 일만도 그 아니 장하고 대견한 일인가. 하물며 꽃잎까지 나푼거리다니, 갸륵한 수선화를 쓰다듬고 또 쓰다듬어도 가실 마음이 없다.

　토방 아래 고무신이 자꾸 나가자만 그런다. 쥐었던 책을 덮고 뜨락을 내다보니 올벼의 낟알 같은 싱싱한 꽃망울이 무장무장 번지고 있다.

　빨랫줄에 줄지어 널린 옷은 햇살을 쬐며 물기를 날리고 있고, 바람은 다리짝이 넉신한지 빨랫줄에 앉아 한참 쉬었다 갔다. 저놈들 파삭 마르면 곱게 차려입고 누구네 집에 먼저 놀러 갈까 궁리가 재밌었다. 허나 못자리를 앞두고 봄 농사 준비가 한창일 터인데, 놀러 가봤댔자 푸대접이겠지.

내게도 교우님들이 평평 놀지 마라 맡겨주신 손바닥만 한 땅뙈기가 있는데, 씨앗거리라도 흩뿌릴 준비를 마쳐야 옳을 시기다. 그런데 한날 찬미하는 것이 게으름이요, 놀 생각에 푹 젖어 오늘도 딴 궁리가 이 모양이었다.

쓸 글도 많고 쓰란 글도 많고, 할 일도 많고 하란 일도 많으나 오늘마냥 융융한 봄날에는 만사 접어두고 봄나들이가 적격이겠다 싶었다. 낮새껏 동네 아짐씨들 입따발총 맞으며 벌집이 된들 어쩌하며, 툇마루에 드러누워 책 한 권 맛나게 읽어도 한살매(생애)가 오질 것만 같았다.

먼저 차나 한잔 마시자 하고 다기를 꺼내어 씻고 있는데 재 너머 절집의 친구 스님에게서 전화가 반가웠다. 점심때 한번 들르시라는 내용이었다. 멀리서 훌륭한 스님도 와 계시고 대중 울력도 있어 신도 분들도 몇 분 오신다 하였다.

이왕 행차에 한 말씀 남길 각오도 하라시는데, 설교를 하라는 것인지 설법을 하라는 것인지는 모르겠고, 마을 사는 예수 씨를 절집으로 허물없이 부르시는 붓다 씨의 그윽한 초청 앞에 그저 마음겨울 따름이었다.

차비를 마치고 집을 나서는 길이었다. 예배당에서 멀지 않은 다리 근처의 논바닥에 차가 한 대 고꾸라져 박혀 있는 게 아닌가? 나는 몰던 차를 급히 세우고 논바닥으로 뛰어 내려갔다.

어허, 세윤 씨의 차였다. 다행히 다친 데 없이 기어 나와 헛바퀴만 뱅뱅 도는 차 앞에서 한동안 정신 나간 얼굴이었다.

뽀짝 옆이 교각이고 물웅덩이라 하마터면 큰일이 날 뻔했으니 이만저만 다행한 일이 아니었다. 다리를 끼고 있는 농로로 후진을 넣어 다시 반대편 차선을 타고 읍내로 되돌아가려다가 그만 후진이 깊어 굴러 떨어진 듯 보였다.

"바빠 죽겠구마는 염병할 노므 차새끼……."

정신이 드는지 죄 없는 차 범퍼를 빵빵 걷어차며 한다는 소리가 그랬다. 차도 새끼를 치는가? 차새끼는 또 뭐람. 그 아버지에 그 아들 아니랄까봐 이어지는 욕설이 또한 별것이었다.

세윤 씨의 아버지는 이 고을 사람이라면 고개를 잘래잘래 흔들고 마는 현생 '놀보'에 다름 아닌 사람이렷다. 큰아들이 사업이 잘 되어 촌부자 소리를 듣게 되자 그 걸진 입에 오만방자까지 보태져서 그야말로 말로는 형용 못할 교만을 다 떨고 다닌다. 급기야는 마을을 벗어나 산 너머에다 아방궁 한 채를 지어놓고 저희들끼리만 잘 먹고 잘 살기를 수년째다.

막내아들 세윤 씨는 배운 것 없는 막건달로 읍내에서 **다방**을 하고 있는데 싸가지가 없기로 둘째가라면 서러워할 위인이다. 모가지에 석고붕대를 감았나 도대체가 어른들에게 인사라고는 할 줄을 모른다. 것은 고사하고도 아무 데나 푹푹 들쑤시고 다니는 그놈의 색대질은 지천에 자식이 깔렸을 것이라는 추잡한 소문까지 흉흉했다.

 마침 경운기를 몰고 들녘 나가던 안골 최씨가 논바닥으로 따라 내려왔다. 튼실한 철끈만 하나 있으면 어떻게 차를 올릴 수 있겠다고 그랬다. 나는 교회창고에 있는 철고리줄하고 굵은 동아줄을 꺼내 와서 경운기에 차를 묶어보려 하였으나 가망 없는 일이었다. 끌개차를 기다리며 최씨는 세윤 씨 차가 올라올 길을 내려고 부지런히 삽질을 했다. 이마땀을 뻘뻘 흘리면서 말이다.

 세윤 씨는 물끄러미 지켜보면서 쪼그려 앉아 담배 구름이나 만들어 내고 있는데, 주객의 전도란 말이 이런 장면에 걸맞은 말이었다.

 한참 지나서야 끌개차가 와서 쉽게 차를 끌어냈다. 그런데, 최씨에게 고맙다는 인사 한마디 없이 세윤 씨는 끌개차에 홀떡 올라타는 게 아닌가.

 "아저씨도 참, 세윤이 저이는 손이 없다요 발이 없다요? 냅둬 불재마는."

 "저 자식 느자구 없는 거야 어제 오늘 안 일이다요? 어려가꼬 생모 잃고 의붓어머이를 두 번씩이나 치른 놈 아니오 저 놈이. 그랬으니 월매나 심란허게 컸겠습니까요. 만사 그런갑다 해야재라우."

 최씨는 다리 난간으로 시선을 옮기더니만,

"아무튼 세윤이 고 자슥 운수대통한 날이요야. 까딱했으믄 송장 치룰 뻔 안 해부렀소. 후제(나중에) 만나믄 말이여라, 감사헌 금 꼭 내락 하시쑈잉?"

흙손을 마저 털며 흐흐흐다.

최씨는 다시 경운기에 올라타 들로 향했다. 최씨의 뒷모습으로 펼쳐지는 들녘은 그의 가슴보다 외려 좁아 보였다. 부족한 사람을 안쓰럽게 여길 줄 아는 사람, 저 따순 가슴팍을 가진 사람.

지난 설 지나고 일이었다. 헌 잠바때기나 걸치고 다니던 최씨가 뭔 일인지 번드러지는 양복차림이었다. 최씨의 팔짱을 꽉 끼고 막내딸 하은이가 붙어 있었다. 하남의 어느 전자제품 공장을 다니는 하은이는 수수한 화장기로도 미모가 물씬 달아올라 있었다. 바야흐로 시집 갈 때가 된 것이다. 그 뒤로 최씨의 부인 덕리댁이 따라 걷고, 처음 보는 사내 하나가 멀뚱거리며 그 뒤를 이어 걷고 있었다.

나는 "빼입으싱께 몰라뵜겠습니다?" 하면서 최씨의 행차에 상관을 걸었다.

"귀헌 손님이 왔는디 집사람이 목포 큰딸네서 인자사 도착을 안했소? 찬도 벨로 없닥하고 장 봐서 상 봐줘야 쓸 손님이 왔는디, 기냥 외식이나 해불자 그라고 나오는 길입니다요. 외식이 이거 얼매 만인지 몰르겠구만이라."

바짓속 나락 판 돈을 달아날까 움켜쥐며 최씨의 에두르는 대답이 그랬다.

읍내로 나가실 것인데, 군내버스는 없는 시간이 아닌가. 해남에서 올라오는 차를 타시러 삼거리까지 걸어갈 작정으로 나오신 길이다 싶어 나는 부러 차를 끌고 나왔다.

"타십시오. 제가 모셔다 드릴랑게요."

손님 대접을 해야 쓰겠는지 최씨는 버텅니를 굳게 다물며 별말이 없었고 낯선 사내는 '고맙습니다'를 연발했다. 최씨의 막내딸이 요래 사내를 신랑감이라고 데려온 것이 분명했다.

며칠 지나 최씨를 만난 김에 사윗감이 어떻더냐고 물었더니, "그년이 물긴 잘 물었습디다야" 하면서 흡족한 후평이 다행이었다. 같은 공장에서 만났단다.

"손을 만져봉게로 껄껄헌 거시 즈그 각시 굶겨 죽이지는 않을 것 같습디다. 그라고 말을 한번 들어봉게로 망상이 없고 솔직헌 거시 사람이 되얏구나 싶습디다야. 세뿌닥(혀) 간수만 잘 함사 욕 안 얻어 묵고 잘 살지 않겄어라우?

그라고 고거이 초면에 '아부지' 그람시롱 무르팍을 탁 꿇는디 기분이 요상해져붑디다야. 찬찬히 눈매를 살패봉게로 선—헌 맴이 보이는 거시, 가사 우리 딸년 애간장 태우는 일은 않겄다 싶드라고라우."

이것이 사위 평의 전부였다.

나는 최씨의 사위 보는 저런 눈, 저 건강한 농민의 눈, 세상의 가난한 것들을 보듬는 저 따순 가슴팍에 감동하지 않을 수 없었다.

집에 돌아와 논흙을 털고 다시 절집으로 차를 몰았다. 일주문 근처 비자나무 아래에서 한참이나 기다리셨다는 스님이 꽃얼굴로 맞아주셨다. 대를 엮어 울타리를 세우는 울력에 신도들 십여 분이 나선 모양이었다. 멀리 경상도서 스님이 한 분 찾아와 계셨다. 모두들 나를 기다리느라 점심이 늦었다 하니 여간 죄송한 일이 아니었다. 애호박을 송송 썰어 수제비를 삶았는데 국물까지 남김없이 마시고는 선방으로 같이 들었다.

신도님들에게 한 말씀 하라시기에 늦게 오게 된 사정을 섞어 최씨에 대한 그간의 내 마음을 들려 드렸다. 그이의 연민할 줄 아는 마음, 사람을 보는 눈, 그 따순 가슴팍에 대해 이야기하며 이러한 땅의 사람이야말로 예수요 붓다가 아니겠느냐는 요지의 말씀이었다.

산책까지 마치고 절집을 나오는데 스님은 지난 성탄절, 동안거 보내느라 못 드렸다며 성탄은 지나갔으니 부활절 헌금이라고 내미시는 것이었다. 스님이 부활절을 어찌 기억하셨을까?

"교회 아이들 과자나 사주이소" 하시면서 손님 스님이 받아 넣으시라고 거들었다.

그러고 보니까 석탄일도 가까워 온다. 나는 곧 돌려드릴 헌금이라 싶어 사양하다 말았다. 스님들과 신도님들이 오래도록 들어가지 않으시고 손을 흔드셨다. 저들도 최씨처럼 이미 따순 눈, 넉넉한 하늘의 가슴팍을 지닌 것만 같았다. 그러면 나는 어떤가, 시방 나는 따순 가슴을 지닌 따순 사람인가?

하느님이 솔로몬에게 지혜를 주시려 찾아 오셨듯 나에게 오늘밤 찾아오시어 무얼 줄까 물으신다면, 나는 따순 눈, 세상을 보듬는 저 따순 가슴팍을 주시라고 조르고 싶다. 내가 꼭 갖고 싶은 것, 우리에게 오늘 꼭 있어야 할 것이 아니겠나.

돋보기안경

순서 아짐이 저녁예배 마치고
돌아가는 길에 놓고 간
돋보기안경

글씨를 모르는 순서 아짐은
동갑내기 집사들에게 기죽지 않으려고
저지난달에 찬송가책을 사고
지난달에는 성경책도 사고
얼마 전엔 돋보기까지 샀다

누가 볼까 맨 앞에만 앉는 순서 아짐은
성경책을 펼 때 찬송가를 펴고

찬송가를 펼 때 성경책을 펴고
돋보기안경을 쓴 채 무조건
아멘, 아멘 한다

시골 교회라 글을 모르는 분들이 많다. 할머니들은 말할 것도 없고 사오십대 젊은 분들 가운데도 몇 분이 그러하시다. 다행히 아라비아 숫자는 깨우쳐 간신히 찬송가를 찾기는 하지만 부를 때는 귀동냥으로 외운 것이 전부다. 깜깜 눈인 당사자의 그 애통터지는 심정을 헤아리기란 그리 어렵지 않다. 성서를 찾을 때는 찬송가책을 펴고 찬송가를 찾을 때는 성서를 펴지만, 그래도 절대 손을 가만히 놓고 계시진 않는다. 아, 얼마나 읽고 싶으시겠는가.

저분은 글을 읽지 못하시는 갑구나, 누가 알게 되면 자존심이 상할지 모르니 세심히 배려하게 된다. 예배 중에 성서를 같이 읽을 시간에는 "굳이 찾지 않으셔도 됩니다." 꼭 이 한마디를 붙이고 나서, 천천히 큰 목소리로 본문을 낭독하곤 한다.

몇 달 전부터 서울 사는 동생의 권유로 교회에 출석하게 된 순서 아짐도 글을 모른다. 까막눈이다. 그러나 성서를 사고 찬송가책을 사고 아예 돋보기까지 장만하셨다. 자신에게 소용될 물건은 하나도 아니다. 다만 부끄럽지 않으려고 준비한 물건들이다. 누가 글을 모른다는 걸 알까 싶어 맨 앞자리만 앉는 순서 아짐.

순서 아짐이 까막눈이라는 걸 아는 사람은 드물었다. 그런데 그만 일통이 터지고야 말았으니…… 에고 대고! 교회일로 모두 주소며 뭐며 서명할 일이 있었는데 순서 아짐은 몇 분 할머니들과 함께 그냥 밖으로 나가려 하셨다. 그러자 박 집사님이 순서 아짐을 붙잡고는 기어 서명하고 가라며 졸랐다.

순서 아짐은 "나는 안 한당게?" 얼굴을 붉히더니 신발을 신는 둥 마는 둥 급히 교회를 떠나셨다. 그 일이 있고 나서 순서 아짐은 교회에 더 이상 나오지 않으셨다.

엊그제 하늘날, 예배를 드리기에 앞서 모두 성서와 찬송을 덮자고 말씀드렸다. 배운 게 없고 아는 게 없어서 어디를 가도 무시 받는 사람들이 우리 남녘교회에 와서만이라도 대접을 받아야 하지 않겠느냐면서, 오늘 하루만이라도 성경책도 찬송가도 없이 예배를 드리겠다 했다. 그리고 여는 찬송으로 애국가 1절을 불렀다.

"……하느님이 보우하사 우리나라 만세!"

성서는 내가 대독했다. 닫는 찬송으로는 '우리의 소원은 통일'을 불렀다.

그날 예배 마치고 나는, 박 집사님을 따로 불렀다. 순서 아짐이 왜 교회에 나오지 않게 되었는지 박 집사님도 짐작하고 계셨지만, 어떻게 일을 풀어야 할지 난감해 하셨다.

"제가 큰 죄를 지었구먼요."

눈물까지 글썽이셨다.

"무슨 말씀이세요. 집사님은 아무 잘못 없습니다."

공동식사 마치고 교우들 돌아가는 그 길에 나는 박 집사님이랑 같이 순서 아짐댁을 찾았다. 마침 순서 아짐은 집에 계셨다. 나는 순서 아짐의 토라진 마음을 쓸어주려고 예수님이 얼마나 가난하고 못 배운 사람들을 사랑하고 공경하셨는지 조목조목 말씀드렸다. 박 집사님은 방에 들어서면서부터 순서 아짐 손을 잡고 내내 놓지 않으셨다.

다시 순서 아짐이 교회에 보인다. 이제는 맨 앞에만 앉지 않으신다. 그러나 여전히 성서와 찬송을 찾을 때 다른 분의 도움을 받지 않으시고, 횡— 주위를 둘러보시곤 돋보기안경을 가방에서 찾아 꺼내신다.

장래 희망

 찬물을 길어 세수를 하고 김이 모락거리는 얼굴을 거울에 가져다 비춰보았다.
 "일어났니? 오늘 하루 사람답게 잘 살자꾸나. 자신 있지?"
 나는 가끔 거울 속의 나를 붙들고 이런 부탁을 늘어놓고는 한다. 사람답게라, 이 말을 꺼내놓고 보니 재미있는 기억들이 떠오른다.
 뜬금없는 소리인지 모르겠으나, 꼬마였을 적 내 첫 번째 장래 희망은 화가였다. 그림을 곧잘 그려 예술제며 뭐며 학교 대표로 사생대회에만 나갔다 하면 큰 상을 타오곤 했기에 우쭐한 기분에 그런 꿈을 갖게 되었다.
 그러나 나는 언제나 부족하기만 한 물감 때문에 괴로워했다.
 가난한 부모님은 물감을 사주실 때마다 "이거이 무슨 쭈쭈바여? 묵지 않음사 그라코롬 빨리 사달래지는 않을 틴디 말이여" 하시며 나무라셨다. 그러나 물감을 아껴 써서는 좋은 그림이 나올 리가 만무했다. 아무래도 화가의 길은 포기해야겠구나 싶었다.

그러던 중에 아버지 서재에 있던 책들을 만지기 시작했다. 이 책 저 책 뒤적이는 재미가 쏠쏠했다. 거기서 나는 에밀리 브론테의 《폭풍의 언덕》이라는, 나로서는 감히 읽을 엄두도 나지 않던 두꺼운 책 한 권을 만나게 되었다. 작가 소개를 읽어보니 나처럼 시골 교회 목사의 자녀로 태어났으나, 결혼도 않고 혼자 살며 작가가 되었다는 내용이 적혀 있었다. 나도 작가가 되면 어떨까? 그런 꿈빛에 새살거리다가 어서 어른이 되어 읽어봐야지 벼르고선 다시 꽂아 두었다.

다음날이었다. 선생님이 등사된 종이 한 장씩을 돌리시는 것이었다. 무슨 조사서였다. 한쪽 구석에 장래희망을 적어내라는 난이 보였다. 난데없이 에밀리 브론테가 떠오를 게 뭐람. 나는 그 자리에 '여류 작가'라고 또박또박 적어 넣었다.

그런데 점심시간에 운동장에서 놀고 있는 나를 선생님이 부르시는 것이었다. 플라타너스나무 아래서 선생님은 내 머리에 알밤을 지르시고선, "얌마! 여류 작가란 여자 작가를 가리켜 부르는 말이여. 너는 녀석아 고추달린 남자잖어. 그냥 작가라고 써야지." 껄껄 웃으시는 선생님 앞에서 창피스러워 죽을 맛이었다. '왜 여자는 여류 작가라고 쓰지? 그럼 남자는 남류 작가라고 써야 옳은데.' 그런 생각도 겹쳐 떴다. 아무튼 나는 한동안 창피하고 부끄러워서 선생님을 피해 다녔고 수업시간에는 고개를 쳐들지 못했다.

고등학교 다닐 적에 장래 희망 문제로 또 한번 선생님에게 호출된 일이 있었다. 나는 그때 식구들의 기대 속에서 도시로 유학을 온 형편이었으나 입시경쟁의 학교공부는 뒷전이었고 만날 시집이나 명작소설 전집을 훑는 일로 소일하는 중이었다.

또한 자취방 건너편에 살던 대학생 형에게 근현대사 슬픈 이야기며 군사정권의 마성을 낱낱이 전해 듣고 있었다. 그러던 어느 날 형 방에서 김민기의 〈공장의 불빛〉이라는 테이프에 복사한 불법음반을 듣고는 전율, 또 전율했다. 평화시장 노동자 전태일 평전을 읽은 것도 그때쯤이었다. 고등학교도 진학하지 못한 내 시골친구들이 모두 이런 공장에 가 있을 게야 생각하니 흘러내리는 눈물을 주체할 수 없었다.

나는 사람이 사람으로 대접받는, 사람다운 사람들이 서로 돕고 나누며 살아가는 그런 세상에서 살고 싶었다. 그러기 위해서는 나부터 참사람이 되어야겠기에 장래 희망을 '사람'으로 작정했다. 때마침 학기 초라 장래 희망이며 지망학과를 써내는 시간이 있었다. 나는 곧장 '사람'이라고 썼다.

오후 시간쯤 선생님이 나를 따로 부르시는 것이었다. 그런데 선생님 손에 날쌍한 매가 하나 들려 있었다.

"네가 시방 나랑 농담 따먹기 하자는 거여 뭐시여. 장래 희망을 쓰랬더니 뭐 '사람'?" 이 한마디에 사태의 긴박성을 가늠해야 옳았으나 눈치코치 없던 때라, "진짠데요." 이러고 말했다. 순간 선생님의 호흡이 거칠어지더니 뭔가 앞뒤로 번쩍번쩍했다. 갈릴레오가 그랬다던가? 나는 후줄근히 매를 맞고 학생처에서 뿔뿔 기어 나오며 그랬다. '그래도 사람인디……'

문학을 공부한 바도 문단에 등단한 바도 없는 나를 가리켜 작가네 뭐네 맘대로 부르기도 한다. 신학교를 나와설랑 목사가 되어, 빼도 박도 못하는 목사로 불리고 있다. 나는 여하튼 직업으로는 무엇인가가 되어 있는지 모른다. 그러나 나는 직업이 나의 장래 희망이 아닌 지 벌써 오래다.

나는 아직도 사람이 되고 싶다. 내 장래 희망은 아직 이루어지지 않았으며 평생 내 장래 희망을 이루지 못하고 죽을는지도 모른다. 그러나 이 희망을 가졌다는 것만 해도 나는, 감히 절반쯤 왔다고 믿는다.

낮달

    고추, 가지 모종이랑 토마토 모종을 사와 점심때 닿도록 부지런히 심었다. 후북하게 물까지 길어주고 머리 숙여 합장하며 잘 자라주길 기도했다. 올 여름에는 찬물 말은 밥에 된장을 담뿍 찍어 먹는 풋고추 한 밭이면 입맛 빼앗는 더위 아니라 더위 할애비라도 무에 두려우랴.

    내가 즐겨먹는 토마토는 여름 내내 군것질감으로 오지고 찰질 것이다. 길가 밭에 심은 것이라 마을아이들은 먹어라 말아라 하지 않더라도 알아서들 잘 따먹을 것이고, 손님들도 알알이 탐스럽게 영글었다며 매만지고 또 매만지리라.

    고추와 토마토 모종은 키 작은 나무깽이를 꽂아 끈으로 묶어주었다. 그러고 보니 나무깽이는 혼자서는 똑바로 설 수 없는 모종에게 얼마나 든든한 이웃이 되어주는가. 나무깽이를 한 개씩 붙여주지 않는다면, 몇 시간도 채 못 가 어린 모종들은 허리가 꺾이고 숨마저 타들 것이다. 누군가 옆에 서서 기댈 어깨를 내어 주고 고단한 한 시절을 나눠 갖는 저 모습에서 이 어려운 시대, 우리들이 어떻게 살아야 할 것인가를 배우게 된다.

삽과 호미를 내려놓고 감나무 아래 평상에 앉아 차디찬 식혜 한 그릇으로 땀을 식히는데, 신발 끝에서 키 작은 제비꽃이 한가롭게 살랑거린다. 자목련이 저렇게 하들하들 피었고 보랏빛 모란은 또 얼마나 눈부신가. 저 멀리 논두렁마다는 자운영 꽃이 무더기로 흐드러져 눈을 어지럽히는데, 유독 제비꽃 한 송이가 내 눈에 띈 까닭은 무엇일까. 나는 눈을 내려뜨며 제비꽃을 짯짯이 바라보았다. 땅에 착 달라붙어 밑바닥 인생들과 어깨를 나누라는 하늘의 일깨움인가?

제비꽃을 보노라니 누군가 나를 지켜본다는 생각이 밀려왔다. 고운 눈빛으로 '우주의 눈'이 나를 지켜보는 듯했다. 나를 관심하며 나를 떠나지 않는 내 님이 말이다.

내가 있기에 당신이 있는 곳
나를 사랑하여 당신이 찾아온 곳
내가 있기에,
당신이 떠나지 못하는 곳

살랑거리는 바람에 감기우려는 눈을 어찌 못하며 평상에 드러누웠는데……, 아, 어느 하늘이 저토록 맑고 푸르리야. 제주도로 날아가는 비행기와 쨍볕을 식혀주는 구름 한 뭉치가 떠내려간다. 또 해님의 저 모퉁이에는 낮달이 은은히 떠 있다.

낮달, 거 한번 오랜만이었다. 심심하던 차 잘 되었구나. 한뎃잠을 자고 있는 낮달을 깨워 말을 한번 걸어보았다.

"너는 왜 우리별을 떠나지 않고 맴도는 거니?"

"물어볼 걸 물어봐야지. 사랑하니까 그렇지."

"그럼 만유인력의 법칙은 뭔데?"

"사랑은 한마디로 서로 끌어당기는 힘이지. 사랑이나 그거나 같은 말 아닌가?"

달이 하는 말을 듣고 보니 가슴자리가 뻐근해 왔다. 어려울 때 곁에 있어 주는 것이 진짜 친구라는데, 저렇게 변함없이 지구별의 동무가 되어 주고, 해를 위해 스스로 어둠이 되어 빛마저 거둔 저 낮달을 보며 나는 말할 수 없이 부끄러웠다.

나는 어떻게 살고 있는가. 어린 모종의 곁에서 동무가 되어준 자잘한 나무깽이들, 또한 우리들이 사는 초록행성을 떠나지 않고 낮이나 밤이나 이웃이 된, 저는 잠들지 않으면서 등불이 되어주는 달이 없다면, 그리고 나를 아끼고 사랑하여 변함없이 벗이 되어주는 당신이 없다면 나는 도대체 어떻게 될 것인가.

언제였던가. 유성우를 보면서 나는 그런 생각이 들었더랬다.

저건 별이 별에게 보낸 사랑의 편지일 거야. 나는 너를 사랑해 B612 혹성으로부터, 너를 사랑해 명왕성으로부터, 너를 사랑해 백조자리 고향별로부터, 너를 사랑해 사랑해…….

언제였던가. 산길 들길의 꽃을 보면서도 같은 생각을 했었더랬다. 등꽃이 말했지 사랑해 어깨춤 임의진. 쌀밥 담긴 복그릇처럼 옹송옹송 모여 핀 아카시아 꽃이 말했지 사랑해 어깨춤. 질경이 꽃도 흰 부추 꽃도 말했지, 붉은색 립스틱을 바른 동백꽃도 귓속말로 속삭였네, 사랑해 사랑해 어깨춤.

그때 나는 알았지. 꽃은 하느님이 나를 사랑한다고 보낸 편지라는 걸. 하느님이 쓰신 연애편지란 걸. 나는 너를 떠나지 않고 내내 함께 있을 거야, 약속하마 내민 하느님의 새끼손가락이라는 걸. 아, 그래 도장도 찍어야지. 저 아름드리 나무는 내 도장이야. 큰 나무도장. 꽝, 꽝, 찍을게.

잊고 살았구나, 그랬었구나. 그걸 잊고 쓸쓸해했었구나. 외로워했었구나. 바보 같으니라구.

한번쯤 내 주위를 둘러보아야 했다. 나에게 지금 누가 있는지. 내 이름을 알고 있고 내 주소를 알고 있는 사람들, 나를 그리워하는 사람들을 떠올려보아야 했다. 그럼 나는 또 누구를 떠나지 않고 있는가? 내가 연연해하며 그리워하는 사람들을 하나둘 헤어본다.

참꽃 피는 마을 | **75**

너무 소홀했지 않았는가, 그래 그랬어. 우물바닥에 솟아나는 물방울처럼 미안함이 빠끔빠끔 솟구쳤다. 가슴에 푸른 멍이 드는 사랑병, 그 병이 무서워 나는, 구더기 무서워 장 못 담근 나날이 너무 길고 많았던 게야. 심하게 물리치고 잊어버리려 했던 사람이 너무 많았어. 해도 정도껏 했어야 옳은데, 그랬지 않아? 알래스카에서 받아온 심장인가, 이 심장은. 가슴을 이렇게 치면 녹을까, 이 차디찬 심장은.

어머니랑 노시다 읍내 가는 버스를 타려 나오신 진등 윤 집사님이 "우리 수염쟁이 목사님 배꼽 다 보이네" 하면서 평상에 앉으셨다.

"백 원 내고 보세요. 너무 비싼가요?"

"그라네요. 총각 배꼽도 아닌디."

집사님 재치 있는 대답, 끌끌.

"어디 가세요?"

"미장원 딸네집에요."

"뭐하시려고요?"

"에미가 딸 보고자워 딸네집 가는디 뭔 이유가 있당가요?"

맞어 맞어, 어머니가 사랑하는 딸집에 가는데 무슨 이유가 따로 있겠어. 사랑에는 국경도 없지만 이유도 까닭도 없지. 죽고 못 사는 연인들의 사랑, 부모자식지간 지극 지대한 사랑을 보아. 낮달처럼 변함없는 저 사랑들을 보아. 저 흔들리지 않는 도타운 사랑을 보아.

 이제 여름이군. 아니 벌써 여름이었는지도 모르지. 계절에도 삼팔선이 그어진 건 아닐 테니까. 머잖아 멀리서 새 쫓는 깡통 소리가 들릴게야. 밀짚모자를 쓴 허수아비는 새들을 팔에 앉히고 무슨 말을 하는지 나는 알아.
 "주인 없을 땐 몰래 와서 먹으렴. 너희들도 먹고는 살아야지. 하지만 주인이 있을 땐 나 좀 봐줘라. 응?"
 새들은 허수아비를 무서워하는 게 아니라 사실은 허수아비를 사랑하기 때문에, 논 주인네가 있을 때만 허수아비 위신을 세워주는 것이지. 몰랐지? 이 비밀.
 그만 들어가봐야 되겠구나, 호미를 씻고 삽을 씻었다. 등물을 하고 싶은데, 아직은 찬물이 그렇군. 둘러보니 등물해 줄 사람도 보이지 않고 말이야. 이렇게 혼자 살아간다면 서럽겠다 서럽겠어.
 젖가슴이 축 늘어진 할머니의 등에 할아버지가 부어주는 물 한 바가지, 두 분의 오랜 사랑과 의지가 그때만큼 아름답게 피어날라구. 그래서 짝을 잃으면 불쌍해진다니깐.
 땀을 씻고 식혜 그릇도 씻고 토방에 앉아 신문지를 접어 부채질을 하면서 고요함을 듣는다. 잎이 무성한 나무가 옆에 서 있는 나무에게 부채질을 해주는군. 시원하니? 그래, 시원해 고마워. 나무들이 나무들에게 서로 부채질을 하는군. 그 나뭇가지 어디에

선가 이런 소리가 들려. 쯔즈즈즈즈즈쩌지지지지지…….

  매미 한 마리가 나무 위에서 운다
  사랑하고 싶다고
  매미 가슴에서 하느님이 노래한다
  하느님의 노래는
  사랑 빼면 아무것도 없다
  그런데 사랑을 빼고 나면 도대체
  무엇을 노래할 수 있단 말인가
  사랑 빠진 노래는
  매미도 안 부르는데

나무에 걸린 낮달, 그 언저리로 바람 타고 흘러오는 저 매미소리를 듣는다. 낮달을 보고 가슴이 저어하여 부르기 시작한 매미의 사랑노래인가? 낮달처럼 지고지순 사랑하고 싶다고, 당신만을 오래오래 사랑하고 싶다고. 사랑밖에 난 모른다고, 난 당신밖에 없다고…….

참지름 한 뱅

어딜 다녀와 보니 툇마루 위에 소주병 하나가 놓여 있었다. 뚜껑 자리에 비닐을 덮고 검정고무줄로 친친 동여맨 소주병. 이게 무얼까, 손에 미끈히 기름기가 묻고 코끝으로는 고소한 냄새가 스민다.

참기름이로구나. 누가 놓고 가셨을까.

어머니에게 여쭸더니 석리댁 할머니란다. 반드시 나만 먹어야 된다고 신신당부를 하고 내방 앞에다 밀어놓고 가시더란다.

언젠가부터 새벽이면 몹시 공복감을 느끼고 위가 쓰려 뒹군다. 예배 끝나고 무슨 이야길 하다가 그런 증상을 말했더니 할머니들이 다투어 처방을 내리셨다.

어디가 아프다 하면 우리 교회 할머니들은 한의사 뺨치게 처방전들을 내리신다. 긴가민가 싶은 민간처방전인데, 저마다 효력을 보셨다니 믿어볼 밖에.

 석리댁 할머니가 내게 내린 처방전은 간단했다. 달걀에 참기름 한 순갈을 타서 잘 저어 새벽 공복에 마시면 위병은 금방 낫는다고.

 "참지름 한 뱅 드릴 텡게 엇써 좋은 달걀이나 조르라니 한 판 구해 보셔요이."

 할머니가 약속하셨던 바로 그 참기름이로구나!

 참기름 한 병을 앞에 놓고 있으려니 벌써 다 나은 것만 같다. 알라딘의 램프 같은 이 작은 병에 담긴 거대한 사랑, 신비한 치유의 기운이 느껴진다.

 그렇다질 않던가. 규모가 큰 교회의 교인들은 갈비 한 짝을 갖다 드릴래도 우리 목사님이 이런 걸 거들떠나 보실까 싶어 주저주저한다는. 양복은 옛이야기고 심지어는 승용차까지 선물로 받는다는 소문도 있다. 최고급 식당으로 모시는 식사대접도 많아 입맛도 얼마나 까탈스럽다던가. 그런 목사님들은 이런 자잘하지만 두 눈이 젖어오는 고마움, 할머니가 놓고 간 참기름 한 병의 고마움을 알 수 없으리라.

 가끔 가다 손님이 되어 뉘 댁에 방문하게 될 때는 선물을 준비하게 되는데 그때마다 망설여진다. 취향이 나랑 다르면 어쩐다지? 나는 들꽃 한 포기를 미안해하며 여러 번 망설이다 떠 담아서는 그분 뜨락에 심어주기도 하고, 내가 농사지은 깻잎이며 완

두콩, 시금치를 캐어 갖다 드리기도 하고, 같이 듣고 싶은 음반 한 장을 골라 선물하기도 한다. 언젠가는 타이아표 어린이용 깜장고무신이 몇 켤레 있었는데 소중한 일을 하시는 분들에게 곱게 싸서 선물하기도 했다.

"선생님이 언젠가 신으셨던 그 신발입니다. 제가 보관하고 있었지요. 마음속으로나마 이 신발 신으시고 첫 마음 잃지 마세요."

이렇게 말씀드리면서 말이다. 내가 마련한 선물이란 게 얼추 이렇다.

나는 오늘 나를 아끼는 할머니에게 선물 받은 참기름 한 병, 할머니 말대로 하자면 '참지름 한 뱅'을 앞에 놓고 감사한 선물에 어찌 답해야 할지 궁리중이다.

아, 그렇구나, 고사리가 있겠구나. 할머니 즐겨 드시는 고사리를 꺾어드려야겠구나. 고사리야 얼른 올라오너라. 고사리가 많이 나는 산허리 무덤 뜰을 알고 있는데, 올해도 많이 많이 솟아나야 할 텐데…….

토종닭 파는, 읍내 형님에게 전화를 걸었더니 형수님이 받았다. 어떻게 유정란을 살 수 없는가 물었다. 무엇 때문에 찾으시냔다. 사정을 말했고 그럼 어서 오라고 하였다. 창고 안 보리쌀 담은 대야에 담긴 잘 생긴 달걀을 잡히는 대로 주워 담으시며 "이거 우리 집에서 풀어 키운 닭이 낳은 거예요." 그중 하나를 내 손에 쥐어준다.

"드시려고 따로 놓아두신 건가 본데……."
"목사님 약으로 쓰신다는데 드려야죠."

 돈도 기어이 받지 않으시겠단다. 미안하여 잡아 놓은 닭 한 마리를 달라고 해서 샀다. 저녁에 닭죽이나 쑤어 먹어야겠다고 하면서, 그래야 할 것 같아서…….

"달걀 더 필요하면 꼭 전화주세요. 제가 더 모아볼게요. 미안해하지 마시고요."

 형수님이 오히려 당부를 했다.

 참기름 한 병에 달걀 한 판, 내 쓰린 속도 금방 낫겠구나. 고마운 사람들의 고마운 마음씀씀이. 더욱 착하게 아름답게 살아야겠구나, 이분들 생각하면.

우리들

 산 밑에다 벌고 있는 생강밭 좀 둘러보고 돌아오는 사랫길. 저수지마을 새내골에 사는 희은 씨를 덥숙 만났다. 손에 들린 대살바구니에는 부추며 열무, 채전거리들이 볼땀스럽게 담겨 있었다.
 저재작년 광주에서 시집 온 희은 씨는, 지금의 남편 차인호 씨를 병원에서 처음 만났다. 인호 씨가 하우스 비닐을 얹다가 그만 떨어져 복사뼈가 바스러진 중에 광주까지 실려간 일이 있었는데, 입원실 맞은편 침상의 교통사고 환자(친정아버지)를 간병하던 이가 바로 희은 씨였다.
 인연이란 참으로 신비롭고 괴이한 무엇이 아니던가. 말주변도 젬병인데다 '차인표'가 아닌 '차인호'인 낯바닥으로, 더구나 바스러진 발목땡이를 부여잡고 꺼으꺽 울어 쌓던 인생 최악의 절망기에 결혼 상대자를 만날 수 있었다니, 암만 생각해 보아도 인호 씨에게 베푸신 하느님의 특별한 긍휼하심과 자비하심이라 아니할 수 없겠다.

희은 씨는 홍시처럼 수줍은 볼따구로 흘러내리는 신혼의 깻가루를 뚜욱 뚜욱 떨구며 수줍게 인사를 해왔다.

인호 씨랑 인호 씨의 깨복장이 친구 '제일카센터' 종식 씨, 자칭 인호의 정신적 지주라는 대봉이 형님 그리고 나까지 도합 네 명은 가끔씩 집들을 옮겨가며 쐬주잔을 부딪치는 막역한 사이인지라 시집와서부터 희은 씨는 동네 교회 목사뿐만 아니라 남편의 둘도 없는 말벗으로 나를 여겨 왔다.

"솔(부추)이 이상 잘 되얏네요? 부침개 해서 묵으면 진짜 맛있겠네."

"요즘은 왜 놀러 안 오세요?"

"흥이 오를라고만 하믄 어서 가라고 눈치해 싸시니께 안 그랍니까."

"어, 제가 언제 그랬다고 그러세요?"

"어지간히 쪼깐 '깨' 터시고, 거, 빨리 애기를 낳으셔야 않겠습니까. 인호가 장가를 늦게 간 것을 수상쩍어 여기는 사람들이 어디 한둘인 줄 아세요? 고자가 아니라고 아조 본때를 보여줘야지요."

내 짓궂은 농에 희은 씨는, 오동나무 가지에서 엿들은 꾀꼬리랑 같이 이윽토록 웃어 댔다.

인호 씨는 논농사며 하우스 일을 정리하고 얼마 전 읍내에다 조그만 양품가게를 하나 냈다. 들어보니 벌이가 괜찮은 모양이었다. 다행한 일이었다.

나는 희은 씨가 들고 있던 바구니를 낚아 들었다.

집에 돌아와 점심을 먹고 차까지 한 잔 우려 마셨더니 방바닥에서 늘어지고만 싶었다. 멀리 사는 벗이 음반을 한 장 보내 왔기에, 눈을 감고 한번 들어볼까 벼르던 참이었던지라 베개까지 아주 내렸다. 그러고 있는데 밖에서 인기척이 들려왔다.

나가보니 대봉 씨였다. 낚시 가방을 터억 하니 들쳐 메고 동상, 동상 불러 대고 있었다. 대봉 씨는 우리 동네에서 나를 유일하게 '동상'이라고 허물없이 부르는 위인이시다. 아니 그렇게 부르는 것을 마치 무슨 특권이나 되는 줄 알고 시도 때도 없이 동상, 동상이었다.

"어이 동상, 아침나절 보니께 저수지 붕애들이 잡어달라고 톡톡 튀고 지랄들이더라고. 급한 일 없으믄 어여 같이 가드라고—잉?"

말 폼새가 다짜고짜였다.

"성님 말씀이 재밌소야. 튀면 튀었지 지랄까지 한다고라?"

대지의 노래, 구스타프 말러의 가곡 하나가 엄엄히 흐르는 즈음인데, 대봉 씨의 '오동추야 달이 밝아'로 시작되는 고놈의 한 시간짜리 뽕짝 메들리를 죄다 들어주며 낚시를 해야 한다 생각하니 포옥 한숨부터 새어나왔다. 고무신을 탈탈 털어 신고 대봉 씨 뒤를 따랐다.

대봉 씨는 천지사방 돌아다녀쌓던 바깥일이 없어지자 오만 삭신이 근질거려 죽을 지경인 모양이었다. 그래 요새는 틈만 나면 저수지로 올라가 강태공이다. 낚시든 바둑이든 시간만 축내는 것 같아서 별로이 좋아하지 않는 나인데, 대봉 씨와 어울리다 보니 가끔 낚싯대를 잡게 된다.

대나무를 잘라 만든 내 낚싯대는 동양화 속의 그것과 흡사하나 붕어를 낚는 데는 전혀 '아니올시다'였다. 오히려 붕어가 나를 잡을 판국이었다. 멀리서 은빛깔로 튀는 모습이 보이긴 했지만 눈먼 붕어마저 나를 희롱하는 듯했다.

그렇게 서너 시간이 흘렀고, 나는 피라미 한 마리 구경 못하고 앉았는데 대봉 씨는 손바닥만한 붕어를, 자그마치 여섯 마리 '씩이나' 낚아 올리며 니나노였다.

"요 정도믄 무시 송송 썰어 가꼬 끓애 묵을 만은 허것재잉? 쐬주나 한잔 걸침시롱 말이여"

우리는 목사관으로 돌아와 밥과 양념거리를 챙기고 코펠이며 부탄가스통 등등을 저수지 둑으로 옮겨 날랐다.

매운탕이 끓기도 전에 반주 몇 잔이 벌써 지하철 바삐 오가듯 오고갔다.

"아까 산에 쪼깐 다녀오는디 동상이 어뜬 여자하고 오순도순 야그를 맛나게 하든서 걷든마. 그 여자가 누구랑가?"

"인호 각시 말이여라?"

"그랬당가? 나는 대체 누구라고. 인호 처는 뒷모냥도 살사리꽃보다 이뻐—잉."

"그란디 성님은 뭐 할라고 산에는 가셨다요?"

"응, 그, 그, 그게, 그냥 있어. 그냥 운동 삼어 올라간 거여."

"형수 묏등에 가셨는갑구마. 한가위 앞두고 벌초하셨어요?"

이런! 갑자기 튀어나온 말에 나 자신도 당황했다.

"내가 괜한 말을 꺼냈는갑네요."

대봉 씨는 들켰다 싶은지 순순히 자백이었다.

"아녀, 사실이 그랬구마. 사람덜이 암상토 안한 척 대하는 거시 젤로 싫당게. 그래도 동상이 질 이무로웁게 대하니께 내 맴이 편하네."

대봉 씨는 호주머니를 뒤지며 담배를 찾았다.

"짧게 살았지만 정이 담뿍 들었나벼. 쉽게 잊혀지지가 않능 거시 으째야 쓸라는지······."

마을 앞길에서 뺑소니차에 운명을 달리한 형수의 얼굴이 영안실에서 보았던 핏빛 얼굴과 겹쳐 댔다. 나는 아껴 마시던 술을 단숨에 목구멍 깊이 털어 넣었다.

"그 가시내가 눈이 겡겼으까 싶응게 더 속이 안 뒤집힝가. 모님(먼저) 떠나보내고 혼자 살아간다는 일은 고역이여. 세상사 이런

참꽃 피는 마을 | **87**

고역이 또 어딨겄어. 언제까지 요래 살라는지 내 인생 심란만 시롭네."

 어슬녘에 이르러 짐들을 거둬 들고 둑에서 내려왔다. 신작로 가까이 이르렀는데 지나가던 트럭 한 대가 끼익, 멈춰 서는 것이었다.
 "낚시 댕겨오신가 봅니다?"
 안경 너머로 쪼아보니 제일카센터 사장 종식 씨였다.
 "어, 종식이 자네가 무슨 일이랑가?"
 "백련사에 댕겨옵니다요. 여행 온 이들이 차 안에다가 쇳대를 꽂아놓고는 문을 닫어부렀다 캐가꼬요. 출장비나 몇 푼 챙겼지라."
 "당사자들헌테는 안 된 일이지만 그런 일이라도 종종 있었으믄 쓰겄네."
 "오늘 임목사 밤프로도 없는 날잉게 우리 맥주나 한잔 크으, 으짠가? 저그 삼거리 순삼이성 점방으로 가드라고."
 나는 느닷없는 대봉 형님의 이차 술 소리에 일단 사래질은 쳐두었으나 종식 씨까지 가담한 모꼬지판의 흥을 마다할 이유도 없었다.
 "출장비 뽑아 묵으실라고 그란갑는디, 에라 좋습니다요. 성님 말씀이라믄 내가 들어야재라."
 "음주운전은 안 된다이?"

"예배당에다 세워 놓고 가믄 써요. 올라가는 차 아무거나 잡아 타믄 되재라우."

"가게는 비워두고 가?"

"지금 시간이 몇 신디요. 폴새 샷다 내렸지라우. 요새 똥포리만 날리고 살어요."

대찮아(그렇다) 종식 씨 카센터 형편이 보통 어려운 것이 아니었다. 더욱이 그는 딸린 식구가 셋이나 되는데 말이다. 아내는 간염으로 오랜 투병생활이고 두 딸은 이제 여섯 살, 네 살이다. 파리만 날린다는 소릴 듣고 보니, 전번 종식 씨 카센터에 다녀와서 싱건짓국처럼 입안 고루고루 퍼져들던 그 노래…….

길은 한 가족의 목숨으로 흘러간다
한 가족의 장래로 흘러간다
그 길에 생계를 걸고 간판을 걸고
길 하나 바라보고 사는
제일카센터 종식이는 오늘도 기름때 낀
면장갑을 눌러 끼고 선풍기 바람도 마다한 채
손님을 기다리며 서성거린다

시집 올 때부터 여태껏 간염을 끼고 사는 아내와
앙고라 토끼만 같은 두 딸의 장래가 이 길에

달려 있는데, 길은 곧 착공에 들어갈
건너편 4차선으로 옮겨진다고 한다
이참 저참 종식이는 잠을 설친다
이 일을 어찌해야 하는지
기술을 익히려고 멀쩡한 자기 차를
열두 번도 더 뜯었다는
종식이는 이 길에서 성실했고
진실했다. 기름 밥 한 그릇에 대하여

내가 차를 몰고 사는 한
부러 찾아서라도 저 아랫길로 내려가
종식이네 네 식구의
하루벌이라도 되어주고 싶구나
두 딸이 건너야 할 물살 센 냇가의
징검다리가 되어주고 싶구나

우리 셋은 송천댁 재건 슈퍼에서 성큼 뭉쳤다. 대봉 씨가 잠깐 오줌을 누러 간 사이, 송천댁이 잔을 씻어 내오며 한마디 던졌다.
 "혼인신고만 했다뿐이제 한두해밖에 같이 안 살았고, 뭐 자식이 있는 것도 아니고, 또 사지 말쩡허것다 집 있것다 붙여 먹는 논 많것다, 인자는 여자를 쪼깐 알아봐야 쓰는 거 아니다요?"

순간 방문이 쾅―열리더니,

"느그미 여편네가 또 뭔노무 그리 쓰잘데 없는 그 소리를 찌 클고 그란디여, 시방?"

송천댁 남편 순삼 씨가 사정없이 무질러 버리는 말에 송천댁은 바로 깨갱깽이었다.

"아저씨도 참말로, 아짐이 무신 말씀을 잘못했다 그라십니까요. 염려하시고 그라시구마는"

종식이 말에, 순삼 씨는 헛기침을 지르며 밖으로 나갔다.

사고 당일, 순삼이 아재는 길가에 쓰러져 있던 피투성이 대봉 씨 처를 병원까지 옮긴 분이었다. 그 두렵고 가슴 아픈 기억을 저렇게 표시하는 것이라 생각이 들었다.

"혜주 엄마는 요새 몸이 어떠신가?"

"늘 그라지요, 뭐. 고거이 무덤까정 가지고 갈 병이란디……."

"종식이 자네만 보믄 내 가슴이 찡―해져부네."

"괜찮어요. 병을 몰르고 한 결혼이라믄 몰라도 처녀총각 적부텀 다 알고 한 결혼인디라우."

종식 씨 부부를 보면서 나는, 사랑이란 고통으로 쓰러져 가는 님을 살잡아 세우는 것, 아픔을 함께 나누어지고서 내일의 푸른 희망으로 걸어가는 것임을 똑똑히 깨달을 수 있었다.

"이라고 보니께 인호만 빠져부렀네? 자슥이 알믄 서운허겄구마."

그런데 대봉 씨 말이 떨어지기가 무섭게, 가게 앞으로 오토바이 한 대가 서더니만 글쎄 인호가 내리는 것이었다. 양반되기는 '폴새' 틀려 버린 인간이었다.

"허허이, 호랭이 지 말하면 온다든마 꼭 니가 그란다이."

종식 씨가 일어나 악수를 건넸다.

"뭔 일이시다요? 지나다들 만난 것은 아잉게빈디 나만 쏙 빼놓고 시방. 허벌나게 배신감 느껴분마잉."

대봉 씨는 인호 덕분에 술 한잔 더 먹게 생겼다고 흐흐거렸다. 나는 술자리 이탄도 모자라 삼탄 사탄까지 이어지게 생겼으니, 이거 '악마 사탄'을 만났다며 머리를 싸줘었다.

"오늘이 우리 안사람 생일입니다요."

"뭐시 으짜고 으째야. 그라코롬 중대한 국경일을 인자사 말해 불어야. 이 자슥이 이거……."

"이것저것 차렸든디 목사님이라도 모시작 혀서 나온 길입니다요. 사택에 가봉께로 여그로 가셨다캐서 달려오는 길이구만요. 근디 더 잘 되야부렀네요. 자 다들 일어나시게라우"

그래 뭘 차렸다냐? 군침을 다시며 서둘러 일어났다.

나는 잠깐 집에 들러 신혼밤에 어울리는 달콤한 음반 한 장을 꺼내어 담았다. 새로 사서 드려야 할 일인데, 어쩔 것이냐, 우선 이거라도 선물해 드릴밖에.

그 길로 곧장 희은 씨와 차인호 사탄(?)의 신혼집으로 바삐 걸었다. 오랜만에, 그것도 생각지도 않게다들 모인데다 희은 씨 생일까지 오늘이라니 반갑기가 그지없었다.

　정으로 살아가는 우리들 아닌가.
　정성스레 챙겨주고,
　정겨웁게 아껴주고,
　정다웁게 곁이 되어주는 우리들,
　너와 내가 있기에 세상사 한번 살아볼 맛이 돋는다.

　대문을 들어서는데 나랑 대봉 씨, 종식 씨, 남편 인호까지 모두 큰소리로 한마디씩 질렀다.
　"생일 겁나게 축하헙니다!"
　"무지하게 축하해요. 싸랑합니다, 제수씨!"
　"야 이 새끼야, 내 각신디 니가 왜 사랑을 혀! 엉?"
　"앗따 이눔이, 나는 예수님의 사랑으로 사랑한다 그 말이여, 시방."
　"오늘 자주 뵙니다. 희은 씨"
　희은 씨는 목젖까지 차 오른 웃음을 어찌하지 못하며 우리를 반겨 맞았다.

비 오는 날, 해바라기

빗줄기가 굵다. 처음 한나절은 더위를 식혀주어 반갑더니 차츰 눅눅하고 축축한 것이 이제 그만 내렸으면 싶은 마음이다. 게다가 밤에는 서늘한 추위마저 느껴져 어젯밤에는 아궁이에 장작개비를 몇 개 던져 넣기까지 했다.

젊은 놈 몸뚱이가 어디 그래가꼬 쓰겠냐며 노모는 혀를 끌끌 차대셨지만, 새벽참 '따땃―'한 것이 참말로 좋았다. 어린 아들놈은 저 윗목까지 기어 올라가 늦잠이었고 나는 아랫목에 등짝을 대고 누워 낙숫물 소리에 애젖해했다.

오늘 같은 날은 비도 내리고 찾아오는 손님도 없을 것이다. 사람이 그리운 시골에서는 물총새라도 앉았다 가면 반갑지 않던가. 그래 비를 피하러 들어온 새들이라도 반겨 맞으려면 주인네가 어슬렁은 거려야지 싶었다.

헐렁한 한복 바지를 차려 입고 토방에 나앉아 비구경이 오졌다. 나는 토방에 앉아 있으면 왜 그렇게 좋은지 모르겠다. 아침 바람에 수염을 흩날리며 토방에 앉았노라면 세상에 부러울 것이 하나도 없다. 마당에는 나무와 꽃이 환하고, 멀리 뻐꾸기 울어 에는 산이 푸르며, 퐁드랑퐁드랑 낙숫물 소리도 즐겁다. 그리고 부엌 밥솥에서는 푸숭푸숭 김이 오르고 있다. 이에 무엇을 더 바랄 것인가.

 장맛비 덕분에 토방에서 빈둥거리기를 몇 날이어서인지 전에 보이지 않던 것이 보이기 시작이다. 소용이 닿지 않으면 보이지 않던 것들, 이를테면 저는 비에 흠뻑 젖으면서 나를 거두어주는 우산이 그렇다. 새삼 우산이 고마운 장마통이었다.

 또 이 빗속에서도 가쁜 어깻숨을 몰아쉬며 새끼들을 먹이고 있는 어미 제비를 본다. 처마 밑 제비네가 살아가는 모습은 참말 눈물겹다. 제비 부부의 반만 따라간대도 제 식솔들 밥 굶기지는 않을 것이라 싶었다.

 오늘 아침에는 장독대 너머에서 고고한 자태로 서 있는 해바라기를 보았다. 빈센트 반 고흐의 열두 송이 해바라기보다 아름다운 우리 집 해바라기. 비에 젖어도 여전히 하늘을 우러르고 서 있는 해바라기를 보았다. 해가 보이지 않는다고 하여 해가 없는 것은 아니질 않는가? 저 먹장구름이 걷히는 날, 그날을 비나리 하는 해바라기가 있기에 맑은 날은 기어이 오고야 말 것이다.

고난이라는 것, 슬픔이라는 것은 더 큰 영광, 더 큰 기쁨으로 가는 전주곡이라는 것을 비오는 날 해바라기는 가르치고 있었다. 눈물이 없는 눈에는 무지개가 뜨지 않는다던가. 장마와 먹구름의 뒤 끝에 해바라기가 눈부시게 피어나리라.

해바라기는 알고 있음이다. 저 먹장구름 너머에 눈부신 태양이 있음을 말이다. 그래 희망을 놓지 않고 인고하는 해바라기 앞에서 삶을 여미지 않을 수 없다.

농부들의 땅 꺼지는 한숨, 노동자들의 억장이 무너지는 실직, 곤경에 처한 집집마다

해바라기를 심어주고 싶다. 비오는 날 해바라기를 보라고······.

간밤의 비 소식 근심이었네
자욱한 안개비 어두운 낮
해뜰참 뒤덮은 먹구름
눈물로 얼룩진 우리의 사랑
귀 잘린 화가의 붉은 해바라기
산골짝 외딴집 해바라기여
그대와 둘이서 심었네
장맛비 서럽던 우리의 사랑
해바라기는 피었네
해바라기는 믿었네

비오는 날에도 해바라기는
고갤 들어 구름 너머 눈부신 태양
고갤 들어 구름 너머 화창한 새날

동갑

"메칠 차가 보이지 않덩만 어데 댕겨 오셨는갑네요?"

"예. 별고 없으셨지요?"

"나야 늘 그라고 그라재 무어 똑별난 일이 있었어요? 나무때기로 제앙부림시롱 노는 거 말고는 나날이 뻔— 한디."

읍내 터미널 근처에서 만난 윤씨를 내 차에 모셨다. 시장통으로 가는 길이시란다. 전기톱을 기십만 원이나 주고 샀는데, 고장이 잦아 수리를 맡겨 놓았단다. 목공 솜씨가 좋은 윤씨는 웬만한 자기 집 세간살림은 손수 다 만들 정도다. 내 방의 살구나무로 만든 다반도 윤씨의 솜씨다. 윤씨 집 창고에는 목공에 쓸 공구란 공구는 없는 게 없이 다 있다. 수리를 끝낸 톱을 들고 마을로 돌아오다가 이번에는 학교 마치고 걸어가는 우현이를 만나 태웠다. 오늘은 윤씨네 식구들을 죄— 만나기로 약속된 날인가 보다.

"어, 아빠네?"

"그래. 인자 파했냐?"

"진작이요. 축구하고 놀았어요."

"우현아! 교회 책방에 축구 만화가 들어왔는데, 빌려 갈래?"

내가 만화라고 하니까 우현이는, 교회도 다니지 않는 녀석이 "할렐루야!" 소리를 높였다.

"놀렐루야다, 요놈아."

출출한 시간이라 냉장고에서 동동주 한 병 꺼내고 묵은 김치도 물에 씻었다. 윤씨랑 한 순배 걸치고 우현이는 토방에 드러누워 만화책을 봤다.

가까이 보니 윤씨 이빨 하나가 보이지 않았다.

"아니 언제 이빨이 그렇게 되셨어요?"

"언젯번 사건인디 인자 보셨는갑구마. 명색이 목사님이셔가꼬 동네 사람들헌티 관심 쪼깐 가지쑈야."

"쳇. 남 이빨 부러진 거까지 다 알아가꼬 오래 살겄어요? 해골 복잡하게스리."

서너 달 전에 중앙선을 넘어온 트럭을 피하려다 경운기와 함께 농수로에 빠지면서 그만 앞니가 나가 버렸다 한다. 한 달 넘게 통통 부은 입술 때문에 마스크를 하고 다녔는데 동네 사람들은 독감에 걸린 줄 알고 근처에도 얼씬대지 않더라나?

"내 참 저놈하고 내가 동갑이 되부렀당게요."

"무슨 말씀이래요?"

"아야 우현아! 이— 하고 해봐."

우현이가 이— 하자 누런 이빨 사이로 앞이빨 하나가 보이지 않았다. 이빨을 가는 나이로구나, 벌써.

그러고 보니 아빠랑 아들이랑 이빨마저 복사판이다. 아빠를 닮은 아들은 보았지만 아들을 닮은 아빠는 처음이라고, 이런 기기묘묘한 사건 앞에 술 한잔 더 비우지 않을 수 없다고 한 순배 더 쫘악.

우현이는 참말 아빠를 빼 닮았다. 생김새도 그렇지만 하는 짓도 붕어빵 부자^{父子}다. 만들기를 좋아해서 학교 앞 전방에서 파는 천 원짜리 플라스틱 조립 로봇에 관한 한 달인의 경지다. 나중에 크면 발명가가 되겠단다. 내 생각에는 아빠 솜씨를 이어받아 목수를 해도 대성할 성싶었다. 축구를 좋아하기는 하지만 장래 희망이 축구 선수는 아니다. 우현이 말에 따르면 몸이 튼튼해야 발명을 많이 할 수 있다나? 해괴한 이론이지만 생각해보니 틀린 말도 아니다.

동갑내기 친구(?) 둘은 집으로 돌아가고 나는 빈속에 먹은 술이라 취기가 동해 방바닥에 엎드려 누워 있었다. 그런데 "이봐, 가만있지 말고 아까 그 이야길 시로 써봐." 누군가 내게 말을 걸어왔다. 그, 그래 알았어. 색연필 통이 어딨더라? 스케치북이 여기 어디 있었는데…….

경운기 사고로 앞니 하나가 쏙 빠진 윤씨가
열 살짜리 아들하고 동갑이란다
술 한배 넝김시롱 너털웃음 웃음시롱
앞니 빠진 저나 나나 동갑이란다

  제목에다 큼지막하게 〈이런 동갑 봤니〉라고 새겨 넣었다. 예배당 현관 벽에다 앞이빨이 하나씩 빠진 아빠와 아들을 그린 그림까지 보태어 붙였더니 주일학교 아이들이 보고 배꼽 떨어진다고 깔깔댔다. 그런데, 정말 녀석들도 똑같이 앞니가 하나둘 보이지 않는 거였다. 짜식들 웃기고 있어 정말.

나무의 사랑이었던 나무

 사랑에 빠진 아가씨는 얼굴이, 옷차림이 벌써 다르다. 올해 스물두 살 꽃다운 나이인 우리 동네 선영이가 그렇다. 상고를 졸업하고 직장생활이 몇 해잖가. 그럼에도 옷차림이며 얼굴 화장에 관심조차 없던 선영이가 눈에 띄게 달라진 것은, 어레짐작으로 작년 이맘때쯤부터였을 게다.
 줄창 바지만 입고 다니던 선영이가 초미니스커트를 입는 파계(?)까지 서슴지 않더니 머리를 갈색으로 염색하고 전에 않던 눈 화장까지, 날이 갈수록 거침이 없었다. 선영이 얼굴에 이렇게 쓰여 있었다.
 '남자가 생겼어요. 나는……'
 상대가 누굴까 몹시 궁금했는데 선영이 어머니인 비금댁은 무얼 오래 입에 담아두지 못하시는 성격인지라 척척 경위 보고가 들어오기 시작했다. 대학 졸업반이라는 남자친구는 선영이가 다니는 직장에 아르바이트로 잠깐 일하던 중 알게 되어 서로 뜯어 못 말릴 사이로 발전한 모양이었다.

　암살진 피부와 버들눈썹에 잔잔히 흐르는 미소가 고운 선영이. 그런데 요즘 들어 부쩍 얼굴이 핼쑥해지고 낯빛이 울퍼 보였다. 무슨 일이 있나 싶어 그 또래 친구에게 물었더니 지난달 남자친구가 입영열차를 탔다 한다. 아— 그래서였구나, 그래서 바륵바륵 웃어 대던 선영이가 뒷굽 없는 신처럼 주저앉아 있었구나. 안쓰럽고 짠한 마음이 동였다.

　지난 하늘날, 예배를 마치고 돌아가는 선영이를 붙잡아 세웠다.
　"선영아, 내가 남자친구 하나 소개해 줄까?"
　능청스럽게 떠봤더니,
　"됐네요, 전."
　단호했다.
　"요즘 입맛도 없고 괜히 눈물 나고 가슴이 찌릇찌릇 아프고 안 그렇냐? 내 말이 맞아불쟈?"
　선영이는 속사정을 들켰다 싶은지 애먼 머리를 거푸 쓸어 올렸다.
　"그 친구 네 생각하면 못 견딜 일이 뭐가 있겠어. 금방 잘 있단 소식 올 거니까 걱정말라구."
　그제서야 선영이는 물기 배인 눈을 내게 돌렸다.

"고마워용. 목사님."

선영이를 생각하니 냇골 가는 언덕길에 서 있는, 지금은 혼자가 된 은행나무 이야기를 꺼내지 않을 수 없다.

그 은행나무는 작년까지만 해도 사랑하는 님이었을 아름드리 은행나무가 한 그루 곁에 있었다. 그런데 누군가의 손에 쥐도 새도 모르게 베어져 사라지고 말았다. 한참이 지나서야 나무 한 그루가 없어진 사실을 알고 어찌나 분한 마음이 들던지 동네방네 쏘다니며 물었다. 대체 누구냐고, 누가 그랬냐고. 필요한 이가 긴요하게 썼다 할지라도 쉬이 용서하고 싶지 않은 만행이었다.

이후 나는 기타를 내려 노래를 부를 일이 생기면 윤도현의 노래 〈가을 우체국 앞에서〉를 그 은행나무의 추모곡이라 두루들에게 소개하고 부르곤 했다.

"노오란 은행잎들이 바람에 날려가고 지나는 사람들 같이 저 멀리 가는 걸 보네. 세상에 아름다운 것들이 얼마나 오래 남을까."

혼자서 이 노래를 불렀다가는 서러운 마음에 끝까지 다 못 부른 날도 있었다.

다행히 목숨을 부지한, 남은 은행나무를 안아주면 바람이 불지 않아도 나무가 크게 휘청거렸다. 그렇게 나무가 그리움에 떨며 슬퍼하고 있었다.

그대가 베어 낸 나무 곁에 가보라
나무의 사랑이었던 나무가
틀림없이
구슬피, 구슬피 울고 있을 것이다

  아까침(좀 전)에 선영이가 어머니인 비금댁 김집사님 심부름으로 퇴근길에 잠깐 들렀다 갔다. 엊그제가 노모의 칠순 생신이었는데 비금댁이 섭섭하셨나 딸기 한 양판과 양말 세트를 보내왔다. 오늘 본 선영이는 밝은 표정이었다.
  "이등병 아저씨한테 소식이 왔구나. 잘 있다대?"
  선영이는 고개를 끄덕이며 여려워(부끄러워)했다.
  그래 그래야지, 남자친구가 베어진 나무가 아니어야지. 우리 선영이도 그 짧은 머리 청년의 베어진 나무가 아니어야지.
  나는 요번 달 어느 날씨 좋은 날, 연인을 잃은 그 은행나무의 곁에 묘목이라도 사다 심어주려고 한다. 떠난 님의 푸른 미소를 빼닮은 은행나무 어린 묘목을.

봄날엔 꽃만 필까

후룩 후루룩, 라면발 넘어가는 소리가 토방 마루 너머까지 흘러나왔다. 인기척에 놀라 다급히 냄비 뚜껑을 덮는 소리는 그 뒤를 따라 이어져 들려왔다.

"앗따메 민정이 엄마는 라면 잡수는 소리까정 곱네요이."

무색하겠다 싶어 선수를 먼저 쳐주었다.

"금방 끼니 땐디 뭔 라면이랍니까?"

"이눔이 하도 먹고 잡다며 노래를 불러쌓길래 한 봉다리 끓인 거여라."

산월에 접어든 아랫배를 가리키며 시치미가 그랬다.

"송신 나네요. 어여 낳아부러야제, 뱃속서부터 제냥시럽고 까시란 거시 보통 거시기가 아닌갑서라."

사십에 이르러 아기보를 새로 채운 효순씨는 연신 아랫배를 매만지며 흐뭇한 낯빛을 일렁였다.

"그그저겐가 그라시대요? 애기 이름을 글씨 지보고 내 놓으라 그라십디다."

"집안에 어른들도 안 계시고 그이나 저나 깜깜한 인간들이라 제가 부탁을 하자고 그랬구만요. 좋은 이름 하나 꼭 맹글어주세요. 아셨재라?"

"그래도 두 분이 짓재만은 그러셔요……. 것은 그렇다 치고, 어디 가셨답니까요? 바쁜 사람을 불러놓고는 안계시네."

"오메, 오리집에 가 있겠다고 전화 올리라는 것을 제가 깜박했네요야. 으짜까라우, 죄송시러버서."

진택 씨가 오리집에 갔다고 그러견 오리를 어디서 키우나 마당을 헤맬 터이지만, 저 삼거리 지나 생강밭 너머 재종이 오리탕집을 가리켜 한 말이렷다.

들어갈 땐 짖지도 않던 개가 따라 나오며 으르릉거렸다. 콰간 그냥! 하면서 돌팍을 하나 들었기에 망정이지 두고두고 짖어 댈 기세로 따라오는 것이었다. 저렇다니까, 슬하의 개새끼도 진택씨를 꼭 닮아 물고 늘어지는 데에는 일가견이 있어 보였다.

저번에는 맨 노인네들만 몇 호 기거하는 옆 동네 새내골에다가 쓰레기장을 놓는다는 계획이 나돌자 읍사무소다 군청이다 혼자 쫓아다니며 오공본드로 달라붙어 항거한 이가 바로 진택 씨였다. 그런 진택 씨지만 여자를 후리는 데는 영 맹물이었던 모양인가 늦장가도 보통 늦장가가 아니었다. 그러나 변명을 내놓으라면 딱히 없는 것이 아니었다.

서른두 살 되어서였던가? 기계로 나락을 훑다가 그만 소매끝이 걸려들어 그날로 영영 잃어버린 왼쪽 팔은 아마도 그를 노총각의 수렁에다 더욱 깊숙이 빠뜨리는 요인이 되었을 것이다. 다행히도 마흔 안짝에 다 이르러서야 날개옷을 훔쳐설랑은 선녀를 잡아온 것이 바로 효순씨였다.

효순씨는 사별한 전 남편에게서 민정이를 낳고 올해 사학년인가 오학년인가 올라가게 해놓고서는 진택 씨의 아이를 새로 가졌다. 진택 씨는 산모나 아이도 위험하고 또 민정이 있으면 되었지 이 나이에 아이를 낳아 뭐 할 거냐며 된고집을 부렸지만 동네 어르신들은 그러는 것이 아니라고 진택 씨를 닦달했다. 진택 씨도 늦얻은 아이에 들떠 지내는 모습이 여간 흥에 겨운 눈치가 아니었다.

찬바람에 겁도 없이 머리칼을 감던 소나무야말로 조선의 산천을 지키는 장군감에 틀림없으렷다. 머리 감을 때 거품만 같은 함박눈을 바람과 햇살에 잘 털어 말리고는 소나무들 저마다 깨끗한 얼굴로 서서 반겨 맞은 첫봄이었다.

솔밭을 지나니 오리탕집이 저 가까이 보였다.

"아즉까정은 싸락허구만 두껍개잔 입으시재 그러셨어라우."

재종이 노모 이 집사님이 털 뽑힌 오리 한 마리를 들고 뒤꼍에서 나오시며 염려하시는 말씀이 그랬다.

재종이하고 진택 씨는 안채에 앉아 기다리고 있었다.

"좋은 일이 있어가꼬 뫼셨네요. 재종이 엄니께서 그래도 집사님잉께 맨 먼저 교회에다 알려야 쓴다고 그라시기도 하시고요. 먼저 내 술 한잔 받으시고 천천히 재미난 야그를 한번 들어보실랍니까?"

진택 씨는 큼직한 인삼주 병을 옆구리에 차고는 마른 멸치를 안주 삼아 이미 거나해진 상태였다.

드디어 오리 한 마리가 탕이 되어 올라왔고 나는 혼자서라도 기도를 바쳤다. 그 사이 이미 진택 씨 숟가락은 일을 다보고 입에서 나오는 중이었다.

"재종이 사장한테 막내 처제를 줘부렀네요."

"예?"

"하도 넘봐쌌길래 가져부러라 하고 줘부렀당께요?"

그러자,

"성님도 참, 줘부렀단 말씸이 뭔 말씸이라요. 여자가 무슨 물건짝이라요?"

겸연쩍어진 재종이가 오리 껍질을 씹다 말고 말문을 가로막고 나섰다. 재종이 얘기를 하고 넘어가자.

고등학교 마치고 십 년 가까이를 원양어선 타고 바다로 떠내려간 재종이가 홀어머니 계시는 고향집에 닻을 내린 것은 저재작년의 일이었다. 장날에 오리 몇 마리 갖다 풀어 놓더니만 나랑 몇 마리 진작에 뜯기 시작했다. 그러다 지난여름에 조립식 건물 한 채 올리고는 밖으로 황토를 이겨 붙여 그럴싸하게 꾸미고 나서 오리탕집이라고 간판을 내걸었다. 한갓진 산골임에도 불구하고 장사가 썩 잘 됐다. 인자부텀 사장님이라고 불러주쇼, 만날 때마다 지랄이었다. 인연이 닿으려고 그랬는지 재종이는 한참 형뻘이 되는 윗동네 진택 씨랑 배알이 맞아설랑 서로 도와 가며 친형제처럼 어울렸다.

언젠가 재종이에게 들은 이야기인데 목수였던 재종이 아버지도 지붕에서 떨어져 그만 한쪽 팔에 철심을 박고서도 사시는 날 동안 그 팔을 잘 놀리지 못했다고 그랬다. 재종이는 진택 씨의 없는 한쪽 팔이 아버지에 대한 기억에 얽혀 달리 보였던 모양이었다. 하여간 재종이가 오죽이나 잘 보였으면 진택 씨가 금쪽같을 막내 처제를 글쎄 엮어줬을까.

이리하여 청춘사업을 시작한 재종이는 경운기라고 대고 부려먹던 써금한 그놈의 봉고차를 하루가 멀다 하고 세차를 해댔다. 그리고 보니 오리 냄새만 진동하던 재종이한테서 향긋한 처녀 냄새가 솔솔 이는 것도 같았다.

"날 풀리믄 맺어줘야 안 쓰겄습니까?"

진택 씨 으름장에 재종이 노모는 "그랄라믄 서둘러야 안 쓰겄소" 하시면서 혼사에는 발걸이를 않겠다는 투의 대꾸였다. 내 잔이 빈 것을 본 집사님은 늙은이 술 한잔 받으시라고 인삼뿌리를 몇 번 저으시더니만 기어이 잔을 채워주셨다. 그러고는 성만찬 술 빚을 오늘에사 갚게 생겼노라고 환히 웃으셨다.

"재종이가 뭐가 좋다고 귀한 처제를 엮어주고 그라세요?"

오줌물 좀 비우고 오겠다고 재종이가 뒷간에 간 사이 진택 씨에게 물었더니

"재종이만 허믄 되얏제 안 긍가요? 재종이 퉁건 손을 보고 있노라면 참말로 오지드라고라. 건강허고 일 잘 허고 거그다가 젊은 놈이 사장님 소리까지 들으믄 다 되얏제 안 그요? 마음은 말할 것도 없이 곱고 또."

진택 씨는 느닷없이 손 이야기를 꺼내는 것이었다. 나는 내 허벅지만한 재종이 손목을 보면서, 또 항상 잠바때기 호주머니에 들어가 있는 진택 씨의 의수를 건너 보면서 오만 가지 생각을 피워 물고는 한동안 말을 아꼈다.

진택 씨랑 돌아오는 길은 해가 이미 저물어 있었다. 나는 진택 씨의 호주머니 속에 손을 넣어 딱딱한 의수를 만져보았다.

"이 손도 이상 따땃하네요."

"우리 마누라쟁이도 못 만지게 하능 거신디 그라시네."

"애기 이름 말인디, 시방 지어부렀네요."

"날랍게 지었네? 뭐라 지었는디 얼른 쪼간 말씀 좀 해보시쇼."
"봄날, 봄날은 으짭니까?"
"봄날이라……."
"'봄날' 좋지라? 봄이라고 어디 꽃만 돋아나겄어요? 보세요. 인자 이 왼손도 올봄에 돋아날 것잉께요."

내 말에 진택 씨가 나를 쳐다보았다.

"그거시 또 무슨 해괴한 소리랑가요?"
"올봄에는 재종이 손도 남의 손이 아니게 생겼고 또 갓난애기 꼼지락 손도 잡아보게 생겼고, 다 이 왼손의 인연으로 돋아나는 새 손들이 아니겠습니까?"

진택 씨는 마을 초입 다리에 이르기까지 아무런 말이 없었다.

헤어질 참에 이르러 악수라고 내미는 오른손이 내 오른손을 비껴가더니만 느닷없는 왼손을 끌어 잡고서는 한소리를 던지고 가는 것이었다.

"그랑께 이 손도 내 손이다 그 말씀이지라우? 옳소, 그라요."

만물이 소생하고 생동하는 봄이다. 이 새봄에, 진택 씨의 왼팔이 새로 돋아나는 이 봄에, 봄날이가 태어나고 재종이가 장가를 들게 생긴 이 봄날에, 산마다 들마다 꽃들이 벙글어 피어나는 이 따순 봄날에, 나는 누구에게 돋아나고 피어 그윽한 꽃이 될 것인가, 이 새봄에 말이다.

나는 캄캄한 예배당 안으로 들어가 촛불 한 자루를 켜고서 무릎을 꿇었다. 교회의 절기상 사순을 걸어 부활을 대망하는 기간이었다. 장작 말고는 아무 쓸 데가 없을 비틀어진 대추나무 두 토막을 끌고 내려와 가로세로 묶어 걸어놓은 십자성상, 그 아래에서 나는, 버려진 것들을 끌어안으시고 부족한 것들을 마다 채우시고 나누어진 것들을 하나 되게 묶으시어 마침내 살리우시는 우리 하느님의 한량없는 은총을 찬미 올리지 않을 수 없었다.

　그러고 있는데 하느님의 잘린 왼손이 나의 등 언저리를 따뜻이 매만지는 것만 같았다. 저 멀리서 효순 씨가 낳은 아기의 울음소리도 들리는 것 같았다. 천지개벽의 소리가 그와 같으리라. 그렇게 봄이 내 가슴까지 와륵 찾아온, 어느 날 밤이었다.

풍경소리

 바람이 뛰노는지 풍경소리가 요란하다. 내 흙방 앞에 걸린 풍경은 친구 스님이 동대문 도깨비시장 구경을 갔다가 구한 것이라고 우리 아이 생일 선물로 보내온 것이다. 대개의 풍경과는 달리 금 빛깔 종이 길어서인가 울림이 맑고도 깊다. 그처럼 초랑초랑하게 자라라고 보내온 선물일 것이리라.
 월드컵 축구경기가 한창일 때 말을 배우기 시작한 우리 아이는, 스님이라면 무조건 브라질 축구선수 호나우두로 알고 있다(스님의 머리를 한번 생각해보시라). 녀석은 찾아온 스님마다 호나우두 삼촌이라 부르고 축구를 같이 하자며 손을 잡아끈다. 친구 스님도 소포 상단에다 '호나우두 삼촌'이라고 적어 놓아 식구대로 배를 쥐고 웃었다.
 요새 우리 아이는 세발자전거에 올라앉아 풍경만 바라본다.

"왜 안 울어? 아빠, 물고기가 왜 안 울지?" 갸우뚱거린다.

"바람이 와야 울지." 그랬더니 "바람아 얼른 와. 소리 한번 들어보게."

하늘에 대고 간절한 비나리다.

영혼이 아름다우면 그럴까? 예수가 바람을 멈추었다는 이야기가 성서에 씌어 있기는 하지만, 우리 아이가 바람을 부탁하면 어김없이 풍경물고기가 나부끼고 땡그렁— 풍경소리가 따라 운다. 어느 때보다도 은은한 풍경소리가 말이다. 못 믿겠다는 분들도 있을 것이다. 그러나 이밖에도 괴이한 일이 한두 가지가 아니다. 아이는 키우는 개 '두리번'이랑 '별똥별'을 데리고 주거니 받거니 이야기를 곧잘 나누는데, 이 광경을 목격한 어떤 손님은 고개를 좌우로 '무지하게' 저으시면서 꼭 외계인을 만난 듯하셨다.

풍경 하나로는 외로울 것 같아 내 손으로 세 개를 더 만들어 걸었다.

교회마다 예배를 시작할 때에 울리는, 강대상에 올려놓는 조그마한 종이 있다. 수년 전 남녘교회를 세웠던 해에 가까운 교회에서 종을 하나 보내왔는데, 조선인에게는 아무래도 웅숭깊은 징소리가 정겹겠다 싶어 종을 쓰지 않고 징을 쳤다.

창고를 뒤져보니 먼지를 뒤집어 쓴 종이 여태 녹슬지 않고 있어주었다. 누가 이 종이 풍경으로 팔자를 고치리라고 생각이나 했겠는가. 몇 년간 창고에 틀어박혀 있으면서 하늘에 대고 얼마나 하소연을 올렸으면 이렇게 금의환향하여 풍경이 되었을꼬. 하루에 수십 수백 수천 번도 더 울려댈 것이니 다행하고 또 다행한 일이었다.

　나머지 두 개 종은 가깝게 지내는 친구 목사님에게서 구할 수 있었다. 혹시 못 쓰게 된 종 없느냐고 여쭸더니 "아마 뒤져보면 몇 개는 나올걸?" 반가운 말씀이셨다. 주일학교 꼬마들의 장난에 이음쇠가 부러진 것들이었다. 챙겨오면서부터 풍경소리가 귀에 쟁쟁히 들려오는 듯했다.

　광주에 나간 김에 화방을 찾아 동판을 몇 장 샀다. 그 위에 물고기 그림을 정성스레 새기고 가위로 오려냈다. 다음에는 지느러미와 비늘, 꿈뻑이는 눈을 무딘 못으로 쪼아냈다. 내 멋대로 만든 풍경물고기인지라 정감도 들고 장승 얼굴처럼 투박하고 우스꽝스러운 몸꼴도 마음에 쏘옥 들었다.

　철물점에 들러 구릿빛 고리줄도 샀다. 비쌀 줄 알고 지레 겁을 먹었는데 일 미터에 오백 원인가 육백 원인가 하였다. 일 미터면 충분했다.

　종 안에 넣을 십자쇠도 있어야겠기에 철공소 재석 씨에게 부탁을 했더니, "앗따메, 성경책이나 쪼깐 읽으시재만 또 뭔 노므 이상 요다구스런 작품을 맹그신다고 그라신다요?" 하면서 부렁질이었다.

　집에 돌아와 하나 둘 조립을 마치고 보니까 그럴싸한 풍경이 되었다. 바람 바깥에 내놓았더니 퍼들껑 날리며 풍경소리를 제법 냈다.

  지난번 싸락눈 날리던 날, 대낮인데도 어두컴컴하고 바람이 몹시 불던 날, 평소 즐겨듣던 음악도 끄고 새시 유리문 안 바람 단속이 잘된 토방에 나앉아 오후 내내, 참말 오후 내내 꼼짝 않고 풍경소리만 들었다. 눈발이 날리고 풍경소리가 사방에서 들리고 나는 뜨거운 모과차를 호호 불어 가며 그렇게 이 땅별에서의 하루를 고마워했다.

촌닭

 뒷간을 새로 지었다. 전에 있던 뒷간은 한번 일을 보겠다고 앉아볼라치면 대장 소장 염장까지 윗바람이 몰아쳤다. 새로 늘씬하게 지어 올린 변소라 하여 수세식은, 미안하게도 아니다. 왕겨나 재를 집어넣는 재래식 생태 뒷간은 냄새가 전혀 없다.
 앉아서 심심하면 읽으시라고 미장원 하는 최씨 아재 딸네집에서 여성지를 한 박스 얻어 넣어주기까지 한다면 꼼꼼하신 목사님의 배려에 감사하지 않을 이가 어디 있겠는가. 일을 보고 앉아서 재작년치 연예계 동정은 물론이고, 남성의 거시기에 관한 가지가지 정보까지 덤이렷다.
 입 열면 그 얘기뿐인 동네 카사노바들을 정보 면에서 가히 압도할 수 있겠다고 말이다.
 돈이 있어 시작한 일은 아니다. 인맥을 총동원해 달래고 어르고, 그도 안 되면 협박까지 해서 인부들을 맞췄다.

  일 도와준다고 찾아온 벗들 중에는 오지 않았으면 싶은 위인도 몇 있는 게 사실이다. 일당벌이들 노는 겨울이라 아침마다 교회로 출근을 하는 것이다. 말이 도우러 온 것이지 새참 얻어먹으러 온 인간들이다. 끊임없이 빵은 없냐 커피를 끓여라 라면이 먹고 싶다 괴롭혀댔다. 오늘은 이 인간들이 점심때 지나고 늦게 만큼 나타났다. 재종이 음식점에 가서 뒷산에 풀어 키우는 촌닭 두 마리를 체포해 온 것이다. '으이그 산으로 내빼버리지. 저런 말종들한테 잡혀설랑. 너들도 짠허다 짠혀!'

  미장일이 이제 손에 잡힌다 싶었는데 산통을 다 깬다.

  며칠 후 폭설이 내린다는데…… 나는 정말 한시가 급한데……

  이놈의 철천지원수들의 방해공작을 어찌 두고 보란 말인가.

  "진짜 촌닭이라 그랑가 더럽게 털도 안 뽑히네잉. 뽄드로 붙였나 으쨌나. 그랑께 뜨건 물에다 오래 담궜어야 한당께는 내 말 안 듣고는."

  "네가 손바닥에 힘이 없어서 그라재 뭐가 안 뽑힌다고 그라냐? 잘만 뽑힌마는."

  "아따 목사님이 성령의 불을 내리셔야 쓰겄네요잉. 닭 터럭 뽑고 자시고 바로 한방에 꼬실라불게요. 호호."

  보글보글 백숙이 삶아지는 소리와 냄새가 겨울 찬바람에 섞여

온 동리로 퍼져나갔다. 오늘 백숙 잔치의 후원회장 재종이가 금세 등장이었으니까.

"우리집 달구새끼를 요절을 냈으면 전화라도 해서 한 점 뜯으라고 불러야재. 참말로 너무들 하시네요이. 부족하믄 그깟 달구새끼 한 마리 더 못 내놓까이."

"아따매 부를라고 그랬재. 안그라요 목사님?"

"뭘 불러요 불르기는. 닭도 제일 짜잔한 것들이더구만."

"허허이. 황소만헌 것을 쳤꾸마는. 그란해도 손해가 이만저만이 아니어 속이 쓰려 죽갔구만 그거시 뭔 소리라요."

"자 이만하면 콰악 익었겠네요. 달라붙어봅시다들."

닭죽은 내가 이래봬도 자신 있는 요리다. 자취가 몇 년이며 요리인생 몇 해던가. 어차피 오늘 일과는 내일로 미뤄야 쓰겠고, 차분히 마음먹고 모닥불을 지폈다.

예배당 마당 정자 지을 때도 그랬다. 일주일이면 마칠 일이 두 달이나 걸렸다. 이 정도 끈덕진 방해공작에 어디 진도가 나가겠는가.

'오병이어'의 기적이라 함은 소주 다섯 병에 물고기 두 마리 안주란 말이던가. 오병이어로 불콰하니 취해서들 병든 닭 맹크롬 비틀거리면서 사라져들 갔다.

괜찮대도 재종이가 남아서 설거지를 도와주었다. 여름 한때 벌어놓은 것으로 겨울잠을 자야 하는 곰 같은 식당주인 재종이.

내 곁에 있어 주어 고맙고 고마운 재종이.

"촌닭 필요하시믄 키우실라요?"

"됐네. 내 몸 하나도 간수 못하는 처지에 닭까지……."

"터가 이라코롬 넓은디 펑펑 놀리믄 죄받는당게요. 이참에 목수더러 닭장하나 지어달라 그래가꼬 딱 두 마리만 키워서 한 마리는 목사님 자시고 한 마리는 교인 중에 우수한 제자로 한 마리 희사도 하시고."

읍내 교회는 예수 초청인가 뭣인가 하면서 금반지도 주고 바가지도 준다는데 그럼 우리 교회도 한번 그런 잔치해서 촌닭 한 마리 전도 대상으로 줄까나? 그랬다간 전교인 웃다 자빠지겠지.

전번 정말 읍내 큰 교회에서, 교회 끌고오면 선물 주는 그런 행사가 있었다. 그래서 할머니 몇 분이 주일예배 시간에 보이지 않으셨다.

"바가지 타고 금반지 타러 다른 교회 가부따요."

할매들이 교회소식 나누는 시간에 쪼르르 일러바쳤다.

"왜 할머니들은 따라서 안 가셨다요?"

"뭔 말씀을 그라고 서운하게 하신다요? 우리가 의리가 있재 가긴 어딜 간단 말씸이요 시방?"

말씀이 끝나기도 전에 뱔뱔 배를 쥐고 뒹굴밖에. 참말 의리로 교회 댕기시는 우리 할매들. 목사랑 맺은 의리 하나로 금반지와

참꽃 피는 마을 | **121**

바가지 욕심을 참았을 할매들이 고마웠다. 금반지는 못타고 바가지만 탔다는 할매들이 다음 주에 다시 교회에 나오셨다. 나는 모른 척 했는데 교인들끼리 눈치가 보통이 아니었다. 그래서 흘러가는 소리로 목사관에 바가지나 하나 갖다 놓으세요. 그랬더니 도둑이 제 발 저린다고 바가지 타러 간 할매들이 서로 바가지를 갖다 놓겠다고 손을 들었다.

그러나 올해 다시 그런 행사가 있다면 가실 분은 또 가실 것이다.

헛생각 중인 나를 재종이가 흔들었다.

"뭔 생각을 그라고 찐하게 하십니까. 촌닭 진짜로 키우시란 말이요. 생각하고 자시고 없어요. 지들이 알아서 크는 것잉게 어려울 것도 하나 없당게요. 그냥 울 없이 뒤뜰에다 놓아부러요. 꺼생이(지렁이) 잡아묵고 몸짱 얼짱으로 커붑니다. 알도 낳고 뼁아리도 품고…… 와따 그냥 오지고 오지당게요."

"키운담사 그렇게 자유롭게 살라 해야제. 그럼 두어 마리 갖다 놔 봐."

발에는 흙을, 손에는 연장을

 감꽃이 말갛게 피어 유월의 등극을 반기고 있다. 새끼손가락만 같던 잎들이 손바닥만큼 자랐고 나무마다 그 잎사귀를 펼쳐 따가운 햇살을 가리고 있다.
 엊그제 봄이라더니 벌써 여름의 문턱이라는 입하마저 지나지 않았는가. 서운한 마음에 일기장에다는 '늦봄'이라고 우기고 쓰지만 별자리도 이미 여름기슭에 떠 있고 모란은 자취마저 없으니 봄과의 애잡짤한 이별을 정히 인정해야 할 즈음이다.
 오늘은 오랜만에 자전거를 꺼내어 기름칠을 하고 들길을 달렸다. 어느새 보리는 금빛으로 출렁거리며 황혼을 음미하고 있다. 저들 곧 베어지면 그 자리에 애어린 모들이 새 목숨을 이으리라. 고생스런 여름살이를 겪고 나면 가을에 여문 것들 동무하여 겨울날 모두 천상으로 돌아갈 것이다. 그렇게 세월은 솔강나무 불에 타듯 빠르게 우리들의 몸에다도 송장꽃을 피울 게다. 그러니 이 얼마나 아쉽고 아까운 세월이란 말인가. 나는 자전거에서 얼른 내렸다. 자전거를 끌고 천천히 천천히 들길을 걸으면서 우주의 시침을 잠시나마 붙들고 늘어지고만 싶었다.

그렇게 쉬엄쉬엄 어디만큼 오는데, 전봇대와 버드나무 사이로 먹이덫을 놓은 거미줄을 만났다. 자전거에서 내려 걸었기에 망정이지 그대로 달렸더라면 찢고 지나쳤을 거미줄이었다. 참으로 느림은 생명계의 존폐를 가름케 하는 속도요, 생명체는 느림으로만이 천수를 다할 수 있음을 다시금 깨닫게 하는 대목이 아닐 수 없었다.

거미는 나를 보더니만 기겁을 하고 뒤로 내뺐다. 거미의 아침밥이 되기에는 내 몸집이 너무 커서 미안했다. 내가 거미줄을 피해 다치지 않게 지나가자 거미는 안도의 한숨을 내쉬며 도골도골한 눈망울로 나를 축복해 주는 듯하였다. 나도 거미에게 내일의 삶을 선사하고 오는 터라 뿌듯한 발걸음이었다. 들길에서 또 주일학교 학생인 선아의 아버지 윤씨를 만났다.

"수염을 그리고 길르셔붕께는 들판에 뭔 산신령이 나타났다냐 그랬소야."

목솟이까지 닿게 내버려둔 내 수염을 놀리시며 반가운 악수를 건네신다.

"요새 겁나게 바쁘시지요?"

"오뉴월은 부지깽이도 뛴닥 안합디여? 숨도 못 쉬겄소야."

도자를 벗고 땀을 훔치면서 윤씨가 몰숨을 들이켠다. 색 바랜 흰 고무신 위로 빠져 나온 붉은 흙은 농투사니의 애젖한 행보를 보여주는 듯했다. 마늘농사며 논농사, 언덕빼기의 유기농 채전밭까지, 숨 돌릴 틈조차 없이 바쁜 나날일 것이다.

"도시에 못 가 안달빙 난 인간들도 많재마는 뎁대꼬갈로 도시 사람들은 촌구석에 내려오고 자퍼하는 사람들이 많다 않습디여? 인자는 흙 밟고 삽 들고 사능 거시 사람답게 사능 거시라고들 아는 이들이 많습디다야. 그눔의 먼지더미 속에서 뭔노므 영화를 누리겄다고 글씨, 그 고생을 다 하고 붙어사는지 몰르겄드라고라. 땅 파 묵고 산대봤자 벌이야 뭐 뻔허지만 일 마치고 논배미 사이로 걸어옴시롱 소리 한 자락 뽑는 그 재미를 안다믄 어디 도시에서 하루라도 살겄으요?"

꼭 귀농학교 교장 선생님 하시는 말씀이셨다.

윤씨는 다시 삽을 집어 들고 논으로 저벅저벅 걸어갔다. 윤씨의 머리 위로 꾀꼬리 한 마리가 날고 있는데, 하느님이 아니고서는 그릴 수 없는 '풍경화'가 바로 저 풍경이 아닐 것인가 싶은, 경외로운 한 폭의 성화였다. 자연에 버무려진 사람, 사람다운 삶을 부지런히 기워나가는 농부 윤씨, '물 좀 주소' 불러 대는 못자리로 구령의 사명을 다하러 가는 윤씨, 그이의 등때기로 쏟아지는 꾀꼬리 소리까지 내 가슴을 우릿하게 달군다.

참꽃 피는 마을 | **125**

몇 이레 전인가? 어디서 읽은, 무명씨의 시 한편이 윤 씨의 등때기에 써 붙여져 있는 것만 같았다.

발에는 흙을
손에는 연장을
눈에는 꽃을
귀에는 새소리를
코에는 풀냄새를
입에는 미소를
가슴에는 노래를
피부에는 땀을
마음에는 바람을

사람은 참말 이렇게 살아야 하는 것이리라.

신구약 성경 전체는 물론이고, 예수전이 담긴 복음서만 보더라도 배경화면은 언제나 대자연이다. 갈릴래아를 비롯하여 예수의 여정이 새겨진 길을 따라가 보라. 산과 들, 사막, 바다, 나무와 꽃, 나귀와 양떼, 그리고 해골 언덕과 돌무덤까지 예수는 자연에서 자연을 가르친 자연의 스승이었다. 예수의 어록을 대충만 훑어보더라도 그분이 자연에 대한 심오한 이해를 지니고 계신 분이라는 걸 누구라도 알 수 있다. 목수요 농부인 그의 출신성분을 짐작케 하는 구절이 넘쳐나는 것이 바로 복음서다.

그러기에 자연에게서 배우려는 자세가 없이, 자연에 대한 애정과 함께 '자연인' 그대로의 맑은 바탕이 없이 성서를 이해할 방도란 사실 없다. 자연에 몸 뿌리를 내리지 않고 어떻게 예수를 알며 예수의 가르침을 논할 수 있단 말인가. 그렇지 않고 내놓는 해석은 얼마나 뒤틀리고 왜곡된 내용이겠는가.

참으로 자연과 멀리 떨어져 있으며 자연에게서 배우려 하지 않는 사람은, '자연인' 그 빈 그릇으로 돌아가지 못한 사람은 목사, 신부, 수도자가 아니라 그 할애비라도 하느님을 정히 안다고 말할 수 없을 것이다.

성서를 푸는 일도 자연을 알아야 한다. 성서가 교과서라면 자연은 참고서다. 어디 가장 좋은 주석서뿐이겠는가? 인생의 지침서요 참고서가 또한 자연이 아닐 것인가. 나는 왜 예수가 도회의 지성인들을 끌어 모아 제자로 삼지 않으시고 대자연의 품에서 자란 시골뜨기들을 제자로 삼으셨는지 비로소 이해한다.

발에는 흙을, 손에는 연장을 든 그리스도인, 종교인이 늘어갈 때 새 천년기는 의미 있는 천년이 될 것이다.

자연의 눈을 통해 경전을 새롭게 보고, 우리 삶터의 뼈대를 곧추세우는 농본農本으로 돌아가는 새 천년기를 기원해 본다. 부디 자연에게서 배우고 자연에 순응하려는, 향농심向農心, 귀농심歸農心

으로 가득 찬 벗님들이 도처에 일어나기만을 빈다. 자연은 없어지고 자연을 노래하는 시인만 남는, 그 끔찍한 시나리오로 흘러가서야 되겠는가?

무한소비의 쾌락에 중독된 도시문명이라는 아수라, 옛날 공룡보다 더 무서운 '굴삭기'라는 현대판 공룡의 개발 욕망, 농사와 농토와 농촌을 우습게 여기고 경시하는 사회풍조, 도시 조성과 건물 축조에 혈안이 된 메트로폴리탄, 흙도 땀도 산보도 없는 책상머리나 신비체험의 소굴만을 들락거리는 종교인들, 평안보다는 편리와 편안만을 추구하는 경박스러운 생활태도에서 하루 속히 돌아서야 한다.

어깨를 걸고 거룩한 탈주를 도모해야 한다. 발에는 흙을, 손에는 연장을, 눈에는 꽃을, 귀에는 새소리를, 코에는 풀 냄새를, 입에는 미소를, 가슴에는 노래를, 피부에는 땀을, 마음에는 바람을 불게 해야 한다.

외등

저녁밥상을 물리고 차도 한잔 우려서 마시고 나니 잠이 담뿍 눈 안에 차올랐다. 그러나 밤도 길어졌는데 일찍 잠들었다가는 내일 하루가 노골노골해질 듯싶어 눈을 거푸 비벼 댔다.

밖이 요란하기에 나가보니 어머니가 '두리번'을 앞에 놓고 마구 야단을 치고 계셨다. 강아지가 신발 한 짝을 물어가서 당최 내 놓지를 않는다며 어미개 두리번을 불러서는 닦달을 놓고 계시는 중이었다.

급기야는 "니는 말이여, 애갱이를 도대체 으찌게 갈쳤간디 허는 짓거리마다 고 모냥이다냐, 잉?" 말귀 알아먹는 사람에게 하듯이 꼭 그러시는 것이었다.

두리번은 영문을 모르겠다는 듯 낑낑거리고 어머니는 으르렁거리고, 한참 그 실랑이를 허허거리며 엿보다가 "내가 찾아 볼게요" 하고 손전등을 켜 들고 일어섰다.

　강아지는 이미 어머니의 보랏빛 슬리퍼를 자근자근 씹어서는 무화과나무 너머에다 던져놓고 도망친 뒤였다. 이 '비보'를 전했다가는 개들 모녀가 오늘밤 편한 잠은 다 자겠다 싶어 나는 그 길로 집을 벗어나 안골로 밤마실을 나갔다.

　어둠이 깔리자 길가 외등이 어젯밤과 달리 새차비로 빛나고 있었다. 낮부터 꾸물거리던 하늘은 달빛 한줌도 부조하지 않았다. 전봇대에 내걸린 외등이 고마운 빛살을 내뿜지 않는다면 이 룽이룽한 밤길을 어찌 더듬어 갈까 싶었다.

　가을밤 길섶에서 만난 소리들은 갖가지로 얼러붙어 그윽한 모뽀리(합창)였다. 몰곳몰곳 서 있는 나무들이 떠나려는 잎새들을 타이르는 소리, 귀뚜리 수컷이 짝을 찾아 뚜루 뚜루루 타전을 울리는 소리, 황소들이 영각을 켜면서 외롭다고 못 살겠다고 떼를 쓰는 소리, 그리고 농사일로 노곤한 몸일지라도 당겨 앉아 쑤알쑤알 정담을 나누는 노부부의 얘기소리가 가을밤 구석구석을 오달지게 채우고 있었다.

　동네 앞에 이르자 군내버스가 멈춰 섰다. 고작 여덟 시가 넘은 시간이지만 이 버스가 동네와 읍내를 잇는 마지막 차다. 버스를 놓치면 택시를 타야하고, 그러면 만만치 않은 돈을 치러야 하기에 막차는 항시 초만원이다.

잣골에 살며 병원에서 간호조무사로 일하고 있는 연선이가 맨 끝으로 내렸다.

"아가씨가 이렇게 빨리 집에 돌아오니까 시집을 못 가는 거야."
"그럼 어떻게 해야 돼요?"
"몰라서 물어? 택시 타고 자정쯤 다니던 애들 봐, 다 시집 갔잖여."
"뭐 그게 시집 간 거래요? 잡혀 간 거지."
"하하, 그렇긴 해."

연선이는 작년 봄, 혈압으로 갑자기 세상을 뜬 어머니의 빈자리를 메우고자 아버지 곁을 찾은 효녀다.

아버지는 한사코 인천서 사는 큰아들네와 합치려 들지 않았다. 육십 평생을 일군 논밭을 떠날 수 없었던 때문이었을까? 아니면 고락을 함께 했던 아내의 무덤을 두고 차마 발길을 돌릴 수 없었던 까닭일까? 진씨 아저씨는 혼자서, 농사짓고 국 끓이고 밥 앉히고 빨래하고 그러면서, 근 반년 가까이를 홀아비 신세로 처량하였다.

인천 오빠네에서 살며 병원에 근무하던 막내딸 연선이가 큰 결심을 하고 아버지 곁으로 내려오길 망정이었지, 동네 사람들마다 안쓰러워 더는 못 보겠다던 진씨였다.

연선이는 용케도 내려오자마자 직장을 얻어 다행이었다. 시집 갈 때까지 당분간이겠지만, 딸이랑 함께 살게 된 진씨는 밖으로 외등을 새로 달고 안으로는 방을 뜯어고쳤다. 진씨 아저씨 집으로 올라가는 골목은 전에 외등이 없어 캄캄했던 골목이었다. 그런데 진씨가 자기 집에서 전선을 끌어다가 외등을, 그것도 두 개씩이나 내달았다. 나라에서 달아줄 때까지 무작정 기다리며 목숨처럼 아낄 전기였지만, 과년한 딸을 데리고 살게 된 아버지로서는 그깟 전기료 따위에 겁먹을 일이 아니었다.

전봇대 외등에서 멀어지자 나는 다시 손전등을 켜야 했다. 이왕 나온 산보인지라 연선이를 집까지 바래다주고 돌아올 참이었다.

마을은 해만 떨어졌다 하면 캄캄한 오밤중이다. 집집마다 골목마다 작은 외등이 없는 것은 아니다. 그러나 늦게 찾아올 사람이 없을 것이기에 줄창 등을 켜둘 이유도 없는 것이다.

연선이 집 앞 골목에 다다르자 대찮아(그렇다) 그 외등이 밝게 골목을 비추고 있었다. 아버지 진씨가 오늘도 늦은 저녁밥을 해두고 기다리고 있으리라.

연선이는 "고맙습니다. 조심히 가세요." 손을 흔들고 서둘러 들어갔다.

그래도 명절날이 되면 온 동네가 집집마다 밝힌 외등으로 들떠 오른다. 도시에 나가 사는 자식들의 귀향을 반기며 온 동네 외등이, 실로 오랜만에 켜지는 그날, 나는 유심히 외등을 지켜보곤 한다. 명절날에도 평소처럼 새벽 일찍 일어나는 나는, 밤새도록 외등이 꺼지지 않은 집을 목격하곤 한다. 그때면 가슴이 미어지는 듯 아파 온다. 외등이 꺼지지 않은 집은 필경 아무도 오지 않은 집일 것이기 때문이다.

명절이라고 찾아올 사람이 없는데도 불구하고 내내 외등을 켜두는 할머니도 있다. 죽은 영감의 혼령이라도 기다리는 걸까? 일 년 열두 달 안부전화 몇 통 걸 줄 모르는, 그 따위 자식이라도 간절히 기다리는 걸까?

그런 날 아침에 나는, 할머니를 찾아뵙고 잠시 잠깐이나마 아들이 되어 드리곤 한다.

저물녘이 되면 집집마다 다시 외등이 켜지고

"엄니, 저희들 왔구만이라우."

"옴모메, 우리 애갱이들 왔능가이? 어여어여 들어와라잉" 하면서 비로소 외등이 꺼지는 집. 세상에 그런 집만 있다면 얼마나, 그 얼마나 좋겠는가.

멀리 보니 예배당 외등이 환하게 켜졌다. 어머니가 나를 걱정하며 켜둔 외등이다. 저 양반은 아직도 나를 한두 살 먹은 어린애로만 안다. 밤중에 집밖에라도 나갈라치면 걱정이 태산 같아지는 분이시다. 내가 오십 줄을 넘어 환갑 나이에 이른다 하더라도 변함없이 어린애로 여길 분이시다. 허기사 그러기에 어머니 아니겠는가.

집 가까이 이르자 강아지가 깨갱깽 엎어터지는 소리로 난리였다. 어미개 두리번은 이를 어쩨 하면서 종종거리고……. 어머니가 드디어 신발사건의 전모를 알아채신 모양이었다. 에구구, 이 바보야 꼭꼭 숨지 않구.

삼거리 이발관

"머리 좀 자르세요. 그 꼴이 뭐예욧? 이제는 수염도 양이 안차 머리까지 뒤로 묶을라우?"

외지에서 교직에 근무하는 연고로 뜸하게 대면하는 해빈모가 기껏 한다는 말씀이 요랬다.

"내 머리가 으짠디요?"

"동네방네 물어보세요. 무슨 삽살개도 아니고."

"뭐시라, 삽살개?"

자를 일도 귀찮고 해서 마다하는 소리를 했더니 '삽살개' 소리까지 얻어들었다. 좀 있다가는 어머니의 동조까지 받아내어 '불결하고 더러운 인간'으로 몰아갈 게 틀림없었다.

"알았네요 알았어. 멍멍멍."

그러고는 집을 뛰쳐나와 방황이 시작되었다.

어디로 갈거나. 미장원은 아줌마들 소란스런 수다에 참말 가고 싶지 않은 곳이다. 젊은 아가씨가 가슴을 밀착하고 내 얼굴을 빤히 쳐다보며 머리를 만지는 일은 여간 어색한 일이 아니다. 특히 내 수염을 보고 한마디씩 묻는 일에 일일이 대꾸하기가 귀찮고 성가시다.

언젠가 어떤 미장원 아가씨는 털신에 수염까지 기른 나를 보고 살짝 돈 사람 취급을 하기까지 했다. 또 어떤 이는 내가 외국인인 줄 알고 말을 꺼내지 않으려 했다 한다. 어느 나라 사람 같더냐 물었더니 불법체류 외국인 노동자인 줄 알았다 한다.

"고맙습니다. 그렇게 잘 봐줘서."

그런 경험이 쌓이면서 나는 더더욱 미장원과 멀어졌고 무뚝뚝한 이발사 아저씨가 있는 후미진 이발관이 어디 없는지 찾아 나섰다. 강진에서 해남 가는 길목 영파리에 있는 그 삼거리 이발관을 만난 건 나에겐 행운이었다.

〈삼거리 재건 이발관〉

거기에는 아직도 아이를 앉혀놓고 머리를 자를 때 쓰는 나무 판자가 있고 '하면 된다'라는 글씨가 수놓아진 유치찬란한 액자도 여전하다. 추운데 웃통을 다 벗은 모델의 사진이 박힌 야시시한 달력도 걸려 있다.

소아마비 장애인이 이발사 윤씨는 손님이 통 없는지 김추자의 노래 〈커피 한잔〉을 들으면서 첫 손님인 듯한 나를 절뚝거리며 맞았다. 맞는다고 해봤자 멀뚱멀뚱 인사도 없이 "이리 앉으쇼." 냉랭한 한마디면 끝이다.

이렇게 저렇게 잘라주세요, 말씀을 드려도 대꾸가 없다. 그러나 이런 불친절이 오히려 나를 행복하게 해준다. 이발은 바로 이런 곳에서, 이런 맛으로 해야 제 맛인 것이다(사실은 얼마나 심성이 고운 분인지 몰라).

모두들 강진하면 다산 정약용 선생이 유배를 당해 《목민심서》 등을 집필했던 다산초당, 그리고 〈모란이 피기까지는〉의 시인 김영랑의 옛집, 천년고찰 무위사와 백련사, 만덕산의 동백숲, 대구면의 고려청자 도요지 등을 꼽는다. 그들도 참 유서 깊고 자랑스럽고 빼어나지만, 나는 조금 다른 볼짝눈으로 강진의 명소를 소개하고 싶다.

첫째로 내가 살고 있는 '남녘교회 예배당'을 꼽고 싶다(자기 잘난 맛에 사는 것도 정신 건강에 좋다질 않다던가). 가난하고 초라한 예배당에 깃든 초랑초랑한 역사의식만큼 소중한 게 없을 것이란 생각에 이렇게 첫손을 꼽는 것이다. 바닷가를 지척에 둔 남녘교회 예배당은 온통 하얀 색깔에 아담한 종루가 있고 사랑방은 흙벽돌로 지어졌다.

종각은 페인트칠이 벗겨지고 새똥이 묻어 있지만 예쁜 종이 걸려 있다. 그리고 지금도 새벽과 저물녘이면 종을 친다.

예배당 안에 걸린 십자가는 그대가 이제까지 본 십자가 가운데 가장 슬픈 형상의 십자가일 것이다. 버려진 삽과 호미를 녹여 만든 십자가는 조각가 고근호 님의 작품이다. 대추나무로 만든 십자가가 걸려있다가 지금은 녹슨 철골 십자고상이 당신의 무릎기도를 기다리고 있다.

예배당 뜨락은 봄이면 수선화와 참꽃 진달래가 가득 피어나고 여름에는 감나무 잎이 무성하며 가을에는 홍시들이 주렁주렁 달리고 겨울에는 하얀 눈 덮인 전나무와 하얀 예배당이 그렇게 어울릴 수가 없다.

예배당 계단 현관에서 바라보는 탐진 들녘도 장관이다. 탐진 들판을 바라보고 서 있노라면 가난한 농민들의 애환을 조금이나마 짐작케 된다. 그리고 멀리 천관산도 보인다. 새누리 개벽세상을 꿈꾸며 일어났던 갑오농민전쟁의 마지막 격전지, 가슴을 두근거리게 만드는 천관산이 우뚝 서서 광명세상을 소망하고 있다.

둘째는 병영에 있는 〈설성〉이란 밥집이다. 설성식당은 부담 없이 싼 백반 전문집으로 상다리가 휘도록 반찬가짓수가 좋고 주인아주머니의 맛깔손은 이미 신기에 접어든 상태다.

나는 음식 좋아하는 사람들끼리 식당 찾아 우루루 몰려다니는, 그런 짓을 별로 좋아 여기지 않는다. 하지만 내가 이곳을 왜 명소로 꼽느냐 하면 강진 들녘에 왔으니 고봉밥은 먹고 가야 하는 당연한 이치가 그러하며 누구나 먹을 수 있는 싼 값, 그리고 무엇보다 식사를 마치고 장흥을 거쳐 강진으로 오는 그 길가에 펼쳐진 탐진강 풍경 때문이다.

장흥 석교다리에서 보는 탐진강도 일품이지만, 장흥을 거쳐 강진만 구강포로 이어진 탐진강, 강진 목리 강변에서 바다와 만나 좌우로 무성한 갈대밭을 이룬 탐진강을 한번 보시라. 그대는 이 세상에 태어나서 볼 것은 다 보았다는 생각을 갖게 될 것이다. 또한 이토록 아름다운 강을 파괴하고 건설되는 댐이며 위락시설이며 무차별 개발에 대해 다시 한 번 이를 부드득 갈게 될 것이다. 탐진댐이 들어선 이후로 갯벌의 생명들이 차츰 죽어가고 있다.

셋째는 바로 앞서 말한 강진 영파리 들어가는 삼거리에 있는 〈삼거리 이발관〉이다. 내가 오늘 다녀온 그 이발관, 내 마음에 두고 있는 그 초라한 이발관. 사라져만 가는 옛 풍경을 잘 간직하고 있는 이발관.

이발사 윤씨는 내가 누구인지 알지 못한다. 내가 무슨 일을 하는지, 어디에 사는지도. 물어 왔더라도 대충 어느 동네에서 조용히 산다고 얼버무렸을 것이다.

은둔 거사를 자처하는 나는 읍내에도 잘 나다니질 않고 목사님들 모이는 데에도 일체 기웃거리지 않는다. 우리 동네 사람들이나 나를 알지 다른 동네에서 나를 아는 사람은 손으로 꼽을 정도다.

그가 나를 목사로 알고 혹여 불편해 한다면, 단골이라며 드나들기가 쉽지 않을 것이다. 더구나 마음대로 야한 달력을 쳐다볼 수도 없는 일이고 말이다.

그대가 강진에 혹여 오시걸랑 이 이발소를 꼭 찾아보시기 바란다. 이발사 윤씨 아저씨가 잔즐거리는 미소가 없어 불친절하다고 여기실지 모르지만 이발 실력도 뛰어나고 보존 가치가 충분한(?) 이발소의 풍경도 마음에 드실 것이다.

다시 오늘 이발했던 이야기로 돌아가자.

윤씨 아저씨는 이발 가위와 빗을 꺼내들고 나에게 다가왔다. 나는 눈을 감았고, 삭둑삭둑 머리 잘려나가는 소리가 경쾌하게 들렸다. 그런데, 바로 그때였다. 내 귓문을 열고 시 하나가 들려온 것은.

내몸에 아직도 자라는 게 있어
내어줄 수 있는 게 있어
고맙습니다
바람이 외롭지 않게 이발소 주인이 가난하지 않게
가끔 내 머리를 쓰다듬는 연인을 위해

나는 이발하다 말고 호주머니에서 펜을 꺼내 다급히 시를 적었다. 그때서야 윤씨가 한마디 엥겼다.

"이발하는 중인디 시방 뭐하시오. 가만 계시쑈. 머리 삐틀어 징게."

모과차

  사나흘 내리 장작만 팼다. 부지런을 떨었더니 봄바람이 불기까지는 넉넉히 버틸 만큼 쟁일 수 있었다.
  어제는 가까이 사시는 불자 한 분이 들르셨는데, 산중 절집에서조차 만나기 귀한 장작더미를 교회당 뒤꼍에서 보게 되었노라며 여간 반가워하시는 눈치가 아니었다.
  바람 찬 뒤꼍에서 떨며 며칠을 지낸 탓인지 따듯한 아랫목이 간절했다. 하여 어젯밤에는 통통한 장작을 서너 개 더 집어넣었다가 새벽 참 낭패를 보고야 말았다. 불 조절을 잘못한 바람에 아랫목이 너무 뜨거웠던 것이다. 그렇게 죄 '볶아지는' 줄 알았다. 재작년 구들을 새로 손보면서 불길을 잘 헤아려 두껍고 너른 돌을 골라 깔았더니 한번 달아오르면 열기가 한나절은 족히 간다. 구들이 열을 받으면 방바닥에서 아지랑이가 피어날 지경이다.

이밖에도 군불 때는 방 때문에 재미가 쏠쏠하다. 벌건 숯에 밤도 구워먹고 해남산 물고구마도 달게 구워먹고 어린애처럼 '달걀밥'도 쪄 먹는다. 겨울날 도시에서 손님이 오면 나는 무조건하고 아궁이로 데려가 불을 때게 한다. 그러면 열에 열 눈물 콧물이 되어 도망치고 만다. 하지만 불기가 남은 숯으로 이렇게 간식거리를 챙겨줄 때면 검댕이로 손이며 얼굴이며 범벅인데도 마냥 햇햇한 표정이 된다.

글 초장부터 웬 먹는 이야기인가 하시겠다. 겨울에 들어선 나날인지라 할 일도 별로 없고 눈 뜨고 나서 하는 짓이란 게 뭐 이렇다. 한낮에는 심심도 하고 그래서 이른 감도 없지 않으나 뚜닥뚜닥 눈삽도 만들어보았다. 엊그제께는 예배당 유리창에 바람 틈도 모두 막고, 난로와 구릿빛 주전자도 꺼내 깨끗이 닦아 놓았다.

곰곰 생각해 보니 서둘러야 할 일이 더 없는 게 아니다. 겨울날 나를 보러 먼 길을 찾아올 손님들을 위하여 홍시도 앉히고 곶감도 매달아 놓아야 한다. 또한 겨울이면 즐겨 마시는 향긋한 모과차도 몇 항아리 더 마련해야 한다. 작년처럼 "옴모메 옴모메, 뭔 맛이 요라코롬 좋다요?" 하시면서 동네 분들이 다 챙겨갈는지도 모르지만.

이왕 먹는 이야기를 꺼냈으니 겨울날 내가 즐기는 모과차 이야기나 해야겠다. 가끔 찻집에 들를 일이 있는데 종업원은 내가 커피를 시키면 열에 열 고개를 갸우뚱한다. 저 인간은 생김새와 차림새로 보아 녹차만 먹게 보인다, 이것이렷다. 그러나 나는 차를 마시는 데 있어서 가림이 없이 아무거나 다 좋아한다. 커피도 좋고 녹차도 좋다. 다른 먹을거리도 그렇다. 없어서 못 먹지 가리지는 않는다.

그런 나이지만 겨울만 되었다 하면 될 수 있는 한 모과차를 찾아 마신다. 모과차의 맛과 내음이 빼어난 까닭도 있겠으나 나와 모과차간 각별한 사연이 있어 더욱 그럴 것이다.

내가 모과차를 깊이 만난 것은 우리 교회에서 신앙생활을 처음 시작하여 지금은 충청도 대전에 사시는 은이 씨 덕분이다.

은이 씨는 사년 전 남편 직장 따라서 온 가족이 이사를 가셨다. 그녀 식구와 헤어진 때가 겨울로 급박히 흐르던 바로 이맘때쯤이었다. 이삿짐을 얹고 있는데 은이 씨가 무슨 항아리 하나를 안겨 주시며 "뭐 드릴 것이 없네요. 우리 집 모과나무에서 따서 제가 담근 거예요. 모과차예요." 그러는 거였다.

나는 은이 씨 식구를 동구 밖까지 배웅하고 쓸쓸히 돌아와 그 겨울 내내 모과차만 끓여 먹었다. 그때마다 은이 씨와 남편 기준 씨, 두 아이들이 모진 시절 낯선 땅에서 어떻게 지내시는지, 그리움으로 가슴을 앓았다.

시골 교회에서는 이렇게 저렇게 이별이 잦다. 오는 이는 드물고 떠나는 이들은 많으니까 말이다. 가령 올해 초 사업상(?) 반드시 교회를 옮겨야 한다는 집안사람들의 성화에 못 이겨 읍내 큰 교회로 교적을 옮긴 김 집사님은 예배 때마다 앉던 그녀의 고정석을, 이젠 빈자리가 되어 버린 그 적요한 자리를 남겨 두고 떠나갔다.

얼마 전 공동식사 때 김 집사님이 좋아하셨던 고사리나물이 올라오자 나는 갑자기 울컥 목이 메어 오는 것이었다. 이런 바보 같으니라구, 속으로 울음을 참느라 애를 먹었다.

떠난 이들이 남긴 흔적이랄 수 있는 모과차며, 고사리나물이며 하는 것들 앞에서 나는 이렇게 그리움에 젖어든다. 연인들이 어깨를 기대며 함께 들은 노래 한 곡에 깊은 사연을 새기듯이, 나는 모과차에 이런 사연을 새겨 둔 것이다.

오늘은 그대와 함께 모과차를 마시고 싶다. 호호 불면서, 잔이 뜨거워 손을 어찌하지 못하면서, 그렇게 그리운 당신과 재회하고 싶다.

부활한 예수께서 티베리아 호숫가로 찾아와 생선을 굽고 빵을 손수 준비하여 기다리고 계셨다는 요한복음의 이야기가 생각난다. 복음서 기자는 예수와 함께 밥을 먹던, 생선을 구워먹던 날들의 풍경을 못내 잊을 수 없었던가 보다. 님이 건네준 빵, 님이 건네준 생선에 얽힌 제자의 그리워하는 감정처럼 나도 교인이 남겨준 모과차에 이만큼 깊은 그리움이 묻어 있어 이런 글까지 쓰고 있으니 말이다.

　모과차를 마시면서 나를 뒤흔들어 놓는 지독한 그리움에 가슴을 들썩인다. 그리움 덕분에, 이리 글살이, 삶살이를 이어가고 있는지도 모른다.

　산간에는 진작 눈 소식이 있었단다. 곧 이곳 남녘에도 싸락눈이 흩날릴 것이다. 그런 날 누구 한 사람 꼭 찾아와 주었으면 좋겠다. 같이 모과차를 끓여 마시게 말이다.

"이리 가까이 앉으세요. 제가 맛있는 차 끓여 드릴게요."
"무슨 찬데요?"
"모과차예요.
제가 좋아하는,
제가 그리워하는 사람에게 끓여드리는,
그 사람을 생각하며 마시는……"

내가 시골에 사는 까닭

새똥 때문에 머리를 감다

거름하라고 김 집사님이 쇠똥을 퍼주셔서 아침나절 내내 논수밭에다 쇠똥거름 주는 일을 했어. 냄새가 지독하여 코를 어디다 둘지 모르겠는데 좁쌀만한 날것들은 쇠똥더미로 우르르 몰려드는 거야. 단내가 난다는 이야긴데, 사람 생각으로 냄새나 맛을 이렇다 저렇다 정하는 짓은 참말 어리석다는 생각이 들었어.

일은 계속해야겠기에 녀석들을 훠! 훠! 날리고 쇠똥을 버무려 밭에 뿌렸지. 올해도 토란이며 상추, 열무, 심는 대로 모두 모두 잘 될 거야.

삽을 내려놓고 측백나무 그늘에 앉아 잠시 땀을 닦는 참인데, 머리 위로 물 같은 것이 톡 떨어지는 게 아냐? 마른하늘에 어인

비? 위를 쳐다보며 머리를 만졌어. 으앗, 하얗고 노랗고 요상한 색깔이 버무려진 새똥이잖아. 머리 위로 지나는 전선에 새가 한 마리 앉아 쉬다가 내 머리에 대고 똥을 싸지른 거야. 세상에나 만상에나 이런 일도 다 생긴단 말인가.

쇠똥에 새똥에, 오늘은 똥들 총집합 날인가. 어머니가 알고 넉장거리며 하시는 말씀,

"머리를 하도 안 감응게로 하느님이 머리 감으라고 안 그랴?"

"증말 그런가 보네요."

그 길로 욕실에 달려가 머리를 감는데, 하도 황당한 일을 당한 터라 크륵크륵 웃음이 터져 나왔지. 어지간한 코미디 방송을 보아도 유치하고 싱겁다며 잘 웃지 않는 나를, 새 한 마리가 웃겨 버린 거야.

이 생을 살아가면서 이런 재미난 일이 내게 벌어진다는 사실이 고맙고 감사했어. 자연 자매, 자연 형제, 브라더 선 시스터 문과 함께 사는 즐거움이 어디 이뿐이겠어?

물 묻은 머리를 햇살에 말리려고 밖으로 나갔어. 또 봉변을 당할까 싶어 먼저 머리 위를 살폈지. 절대로 전선 근처에는 가지 않을 거야. 새가 앉은 곳 근처에는 어디 머리를 갖다 대나 봐라. 그런데, 평생 앉을 때마다 머리 위를 쳐다볼 수는 없는 노릇이잖아? 아이고야 이 일을 어쩐다지?

참꽃 피는 마을 | **147**

가을이야, 나는 가을 속에 있어

드디어 과꽃이 피었군. 꽃대 안에서 잠을 자던 과꽃을 일으켜 깨운 갈바람은 머지않아 국화, 맨드라미, 갈잎좀나무까지 흔들어 깨우겠지, 어디 그뿐이겠어? 저기 저 은행나무며 단풍나무도 잎마다 가을빛을 띠며 운치를 더하겠지.

하지만 가을도 그렇게 오래 가지는 않을 거야. 금방 차가운 겨울바람이 불 테지. 캄캄한 눈구름이 몰려오면 쌀밥 같은 함박눈이 수수수 흩날릴 거야. 꽃도 없고 나무도 야윈 빈 들판에, 그렇게 하얀 겨울이 삽시간으로 밀려들겠지.

올해도 얼마 남지 않았구나 싶으니 오늘 하루가 참말 소중하게 여겨졌어.

낮에 준식이 아저씨랑 나락냄새로 헛배를 불리며 논둑길을 걸었지. 곧 벼베기를 해야 할 만큼 낟알이 토실토실 여물어 가니 준식이 아저씨 얼굴은 보름달보다 밝았어.

"집에 가가꼬 낫이나 잘 갈아둬야 쓰겄구마. 보기만 해부러도 오져 죽겄네."

모내기를 바로 엊그제 한 것만 같은데 벌써 벼베기 철에 이르렀다니, 시간이 이리 빨리 흘렀구나 실감이 정말 가더라구.

지난여름 무지무지 무덥던 날, 지쳐 누운 내 가슴 위로 이런 소리가 차올랐어.

"많이 덥지? 하지만 곧 가을이 와. 가을은 꼭 와. 조금만 기다려 보라구. 가을 속에 있게 될 테니깐."

'정말 가을이 오긴 올까?' 더위에 지쳐서 이내 의심이 생겼어. 봉숭아꽃 핀 여름마당에 국화꽃은 잎만 무성할 뿐이었고 물장구 치고 온 조카 녀석들은 수박을 파먹으며 일 년 열두 달 오늘만 같았으면 원이 없겠대.

'녀석들의 소원을 절대로 들어주지 마십시오. 제발 하느님……'

역시 하느님은 내 편이었어. 여름이 썩 물러나고 정말 가을이 온 거야. 지금은 가을이야, 나는 가을 속에 있어.

시골에 살다보면 시간이 흘러가는 것, 계절이 바뀌는 변화의 과정, 씨앗이 열매가 되고 모가 쌀이 되는 과정을 직접 눈으로 보고 손으로 만질 수 있어. 달력을 넘기고 시계를 보지 않아도 말이야. 가을이라고 옷만 긴 팔로 바꿔 입은 도시 사람들은 가을을 백만분의 일이나 짐작할 수 있을까? '가을'이라는 이 두 글자로는 도저히 담아낼 수 없는, 저 그윽하고 눈부신 누런 풍경, 황금 들판을 상상조차 할 수 있을까?

바지 주머니에 탱자를

목사관 울타리는 전나무와 탱자나무로 되어 있어. 올해도 노랗게 잘 익은 탱자를 따서 깨끗이 씻고 반 토막을 내어 설탕과 함께 유리병에 재웠지. 이렇게 한두 달 재워두면 향내 좋고 맛 좋은 차가 돼. 차 이름은 '가시나무에서 딴 작고 노란 열매 차'야. 무슨 차 이름이 그렇게 기냐고? 그냥 탱자차, 이렇게 부르면 재미가 없잖아.

어렸을 때는 하도 군것질거리가 없어서 시디신 탱자를 따먹기도 했어. 오만상을 다 찌푸리면서 말이야.

또 탱자를 따서 호주머니에 서너 개씩은 지니고 다녔지. 사장 나무 뒤에 몰래 숨어 친구녀석이 지나가면 뒤통수를 맞추는 재미가 제법이었거든.

바지 호주머니에 항상 탱자가 몇 개씩 들어 있었어. 그래서 손에는 탱자 향기가 줄곧 떠나지 않았지. 어디 나만 이런 기억이 있을라구.

지금 우리 모두 바지 주머니에 손을 한번 넣어볼까? 잔돈이며 지갑, 열쇠묶음, 손 전화기 따위가 만져지는 것의 전부이지 않은가. 아무 향기도 없는, 사실 우리 인생에 아무런 추억도 안겨주지 못할 것들이 바지 주머니에 가득해. 나를 끝없이 바쁘게 하고 괴롭히고 옭아매고 외롭게 만드는……(전화 통화가 우릴 외로움에서 건져줄 거라고 믿니?).

이제 나는 다시 바지 호주머니에 탱자를 집어넣을래. 그래서 나와 악수를 나누는 친구들 손에 탱자 향기를 전할래. 멀리서 찾아오는 손님에게는, '가시나무에서 딴 작고 노란 열매 차'도 맛

보여 드릴래.

쉿! 들어봐

불을 끄고 누웠는데 갈갈갈 골골골 참개구리 우는 소리가 이리 좋을까. '잠도 오질 않는데 잠깐 밖에 나가 밤 마당이나 거닐다 올까?' 이부자리에서 빠져 나와 창호 문을 빼꼼 열었어. 야, 오늘 따라 달빛 한번 근사하구나. 바람에 나뭇잎들이 쏴아쏴아 쏠리는 소리, 멀리 개들이 컹컹 짖어 대는 소리, 다리 건너 할아버지 바튼 기침 소리까지 죄다 들려. 이거 참말 혼자 듣기에는 너무도 아까운 합창곡이야.

다시 귀를 기울여보았어. 못자리 때문인지 저수지 물문을 열었나봐. 뒷 개울로 물 흐르는 소리가 들려. 귀를 낮게 기울이니 물이 내 귓바퀴까지 흘러드는 것 같아. 물소리로 귓속을 깨끗이 씻은 때문일까. 그동안 들리지 않던 소리까지 다 들려와.

쉿!
다 들려
쉬!
잘 들려

입을 다물고 귀를 쫑긋대니 들리지 않는 소리가 없구나. 등나무 꽃내음에 홀려 아래마당 나무의자에 잠깐 앉았는데, 산자락에서 뻐꾸기 우는 소리도 들려와. 뻐꾸기 소리는 들을 때마다 마음을 울컥거리게 만들어. 뻐꾸기는 무슨 서러운 사연이 있길래 저토록 밤새껏 애처로이 우는 걸까.

뻐꾸기 소리를 듣고 있자니 '뻐꾸기시계' 우는 소리가 생각이 나는군. 내가 서울 살 때, 가난한 동네에 살았었는데, 다닥다닥 붙은 집들이라 밤이면 옆집 살림소리까지 다 들렸지. 뻐꾸기시계 우는 소리도 그랬어. 한 집 두 집 건너 뻐꾸기시계들이 울어댔어. 그렇게 녹음된 뻐꾸기 소리로나마 떠나온 고향마을을 그리워하던 가난한 사람들.

귀가 먹먹해지는 차 소리, 쉼 없이 돌아가는 기계 소리, 얼을 몽땅 빼놓는 텔레비전의 시끄러운 입성들, 그런 소리에 지친 나머지 뻐꾸기시계를 사 걸고, 뻐꾸기 우는 소리로나마 위로를 받고 싶어 하던 그 도시 사람들.

아직도 뻐꾸기시계는 그때처럼 울고 있을까? 방으로 다시 들어오는 길에 백창우 아저씨의 동요 〈들어봐〉를 불렀어. 다 외워 부르지 못하는 노래지만 아는 대로 흥얼거렸지.

"들어봐, 호박잎을 두들기는 빗소리, 철길을 달려가는 바람소리. 들어봐, 엿장수 아저씨의 가위소리, 뚜닥뚜닥 할머니의 다듬이소리, 들어봐……."

강아지풀이 가르쳐주었네

밭에 심은 기억도 없는데 달랑달랑 올라오는 풀들이 있어. 밭농사는 풀과 싸우는 일이라더니, 풀을 매고 며칠만 있으면 우— 하고 또 다시 올라와. 죽어라고 풀을 매고 나서 소낙비 한번 왔다 하면 그 다음날 어김없이 새끼를 친 풀을 만날 수 있어. 이거 정말 약이 오르는 일이 아닐 수 없지.

호미를 들고 밭으로 들어갔어. 시금치 씨를 뿌려 놓았는데, 시금치 싹보다는 풀들이 더 푸르게 올라오는 거야. 한참 매다 보니까 고랑 너머에 있는 강아지풀들이 수상했어. 금방 시금치 밭으로 번질 것만 같았어. 그래서 그놈들도 뿌리째 뽑아 버렸지.

그러고 있는 참인데, 해빈이가 손에 무언가를 들고 함박웃음으로 달려오는 거야.

"그게 뭐냐?"

"할머니가 줬어. 강아지야 강아지."

"강아지풀이잖아?"

해빈이는 강아지풀을 진짜 강아지나 되는 양 입을 맞추고 볼을 부비고 쓰다듬고 그러는 거야. 조금만 더 매만지면 까만 눈을 반짝일 것 같은 강아지풀, 아이 손에 들려 있으니 강아지풀이 그렇게 예뻐 보일 수가 없었다. 괜히 고랑 너머 강아지풀까지 몽땅 뽑아 버렸구나 싶었어.

채소 욕심에 풀이라는 풀은 아주 싹쓸이를 해버리겠다는 고

약한 마음, 그런 미운 마음으로 농사를 지어서는 안 되겠다는 생각이, 문득 들었어.

해빈이 손에 든 강아지풀이 나를 일깨워준 거야. 풀이라면 날카로운 이빨부터 세워왔던 나를, 내 짧은 생각으로 가져왔던 미움을 사랑으로, 더불어 살 줄 아는 지혜로 바꾸어주었어. 아이의 손에 들린 강아지풀 하나가 말이야.

닭울음 소리에 아침을 맞고
"꼭꼬대액 꼭고고고고, 꼭꼬대액······."
오늘 새벽도 어김없이 닭이 우는구나. 나는 그 소리에 눈을 떴어.

텃골 정곤이네 집에서 키우는 닭들이 새벽이라고 울어대는 소리야. 정곤이네 닭은 지렁이도 잡아먹고 바지락 껍질도 쪼아 먹고 날로 푸둥푸둥 살이 오르고 있어. 사방에다 똥을 싸지르는 것 말고는 닭처럼 이로운 동물도 없을 거야.

더구나 정곤이네 닭들은 나에게 자명종 시계나 마찬가지거든. 그만 일어나세요 흔들어 깨우는 닭울음소리에 나는 기지개를 켜지.

잠자기 전에 맞춰 둔 자명종 시계가 요란하게 울어 대면 어슴푸레 눈을 떴다가 다시 졸고, 방 안에 서너 개는 더 숨겨둔 자명종 시계가 차례대로 울려야만 못 이겨 일어난다는 사람들, 그렇게 바쁘게 살아 무엇을 하겠다는 걸까. 참 불쌍한 사람들이란 생각만 들어.

'자명종 시계 우는소리에 일어날래? 아니면 닭울음소리에 일어날래?'

둘 중 하나를 선택하라면 나는, 닭울음소리에 깨어나는 삶을 선택할 거야. 사람이 시계에, 시간에 질질 끌려 다니는 그런 인생은 살고 싶지 않아.

닭울음소리에 새아침을 맞고, 삽을 들고 새벽 들판을 걷고, 농부들과 반가운 아침인사를 나누는 시골 삶이야말로 자연스러운 삶, 사람이 사람답게 사는 삶임에 분명해. 비록 돈은 많이 못 벌어도, 놀아줄 친구가 많지 않아도, 닭울음소리에 일어나는 것만으로도 내 시골살이는 충분히 행복해.

겁나게 좋네요잉

자고 일어나면 외풍 탓에 얼굴을 몇 차례 부벼야만 얼얼함이 가시던 지난겨울의 일은, 꼭 거짓말만 같아. 이제는 하등 춥다는 느낌이 들지 않고 알싸으한 꽃내음과 따듯한 봄볕이 황송하옵게시리 이른 아침부터 밀려들고 있어.

날도 좋고 하니 깔끄막 밭을 오늘은 갈아야 쓸 것인데, 그러려면 나 혼자 삽질을 종일해야 하기에 부실한 몸 생각이 적잖이 들었어. 밑져야 본전 아니겠나 싶어. 만만한 장우 씨에게 전화를 한 번 걸어보았지.

"일도 없고 혀서 읍이나 나갈락 했는디, 차라리 잘 되었구만이요. 그까짓 거 제 경운기로 한 시간이면 끝내붑니다. 금방 갈게라우."

이런 고마울 수가! 밭을 갈 경운기를 섭외해 놓았으니 안도의 한숨을 내쉬고 삽을 들쳐 메고 산밭으로 올라갔어. 다른 쪽 손에는 가을날 산국화를 따서 담근 반야탕(선가에서는 술을 이렇게 부른다던가?)이 가스버너와 김치찌개 한 그릇 위에 얹혀 찰방거리고 있었고.

한참 삽질을 하고 있는데 타달타달 경운기 소리가 들렸어. 장우 씨였어. 세상 착한 얼굴로 가파른 언덕길을 올라오는 그이를 손을 들어 반겨했지.

"감사해서 어쩌지요?"

"아니구만요. 핑딩이처럼(풍뎅이) 뒤집어져가꼬 핑핑 놀고만 있었는디라우."

그러고는 경운기 앞머리를 빼어 쇠스랑을 달아 밭갈이를 시작했어. 땡- 하고 시작하자마자 일끝은 금방 보였어. 그렇게 서둘러 일을 마치고, 마을이 내려다보이는 밭고랑 끝에 자리를 깔고 앉아 주거니 받거니 꽃술을 나누면서 봄 신명에 젖어 지화자였지.

나는 산국화 한 송이를 꺾어와 꽃잎을 술잔에 띄웠어.

"신선이 따로 있겠어요?"

"암뇨. 그라고말고요. 이라고 있응게로 겁나게 좋네요잉."

장우 씨가 꽃술을 머금은 채 그랬어.

"아- 그렇네요."

말 많은 새들만 떠들고 우리는 말없이 술병만 비워 갔어. 술이 떨어지자 장우 씨는 신문지 한 장을 챙겨 오동나무 그늘에 세워 둔 경운기 뒤로 올라가 얼굴을 덮고 드러눕는 거야. 나도 따라가 그 곁에 함께 누웠지. 비좁은 경운기에서 두 사내의 동침 그리고 새소리, 그리고 산벚꽃 꽃잎 날리는 하늘. 그리고 이구동성.

"겁나게 좋네요잉."

하얀 찔레꽃

석류나무 그늘에도 불구하고 한 줌의 볕을 소중히 아끼며 찔레꽃이 피어났다. 반갑구나 찔레꽃. 너를 우리 집에서도 보는구나. 올 봄에도 너를 만나게 되는구나. 찔레꽃, 너는 아는지 모르지만 너에 관한 노래를 하나 알고 있지. 한번 들어볼 테냐? 네가 들리도록 크게 불러줄게. 잠깐 기다려봐.

"배고프면 하나씩 따먹었다오. 엄마 엄마 부르며 따먹었다오. 가을밤 외로운 밤, 벌레 우는 밤, 초가집 뒷 산길 어두워질 때 엄마 품이 그리워 눈물 나오면 마루 끝에 나와 앉아 별만 셉니다."

찔레꽃이라는, 노래란다. 누나가 풍금을 켜며 노래하고 나는 예배당 나무 마루에 뒹굴면서 들었던 노래지. 이번에는 풍금 반주로 한번 들어볼 테냐? 네가 들리도록 크게 불러줄게. 잠깐 기다려봐.

예배당 구석에 있는 오래된 풍금을 열었다. 피아노 의자를 가지고 와 풍금 앞에 놓았다.

"엄마가 가는 길에 하얀 찔레꽃……."

노래를 부를 뿐인데 왜 이다지 가슴이 아프지? 눈이 침침해지고 설움이 북받치지?

며칠 전 또 한 분을 흙으로 돌려보내 드렸다. 고향이 해남 문내면이어서 문내댁이라고들 부르던 할머니. 장례예배를 마치고, 하관식까지 집례하고 산을 내려오는 길에 찔레꽃을 만났지. 하얀 찔레꽃.

모두들 떠나가는구나. 떠나는 그 길에 핀 찔레꽃을 보았어. 할머니 떠나는 길에 꽃을 피워 배웅하는 찔레꽃, 네가 고마웠단다. 그런데 오늘 우리 집에서도 너를 만나는구나.

할머니는 몇 달 전 우리 어머니에게 돈을 맡기셨다.

"나 죽거든 요 돈으로다가 치상 쪼깐 치레주시요잉."

어머니는 그 돈을 맡아 계셨다. 아들네도 딸네도 없는, 자식 없는 문내댁 할머니는 남편 죽고 이날 평생 홀로 사셨지. 그래설까? 할머니는 나를 자식처럼 여기고 예뻐하셨다. 할머니는 또 내 아이를 친손자처럼 예뻐하셨다. 생활보호대상자에게 지급되는 몇 푼 되지 않는 돈에서 떼어 명절마다 우리 아이 꼬까옷을 사 주셨던 할머니.

 나만, 우리 동네 분들만 그러는 줄 알았는데, 너도 그랬구나. 찔레꽃 너도 할머니의 명복을 빌어드렸구나. 할머니 가시는 길에 꽃을 던져드렸구나. 뿐만 아니라 할머니 하얀 머리카락 같은 네 꽃송어리 빗겨주는 바람도 나무마다 가지마다 붙들고 흐느끼는 구나. 우웅우웅 울어 대는구나. 모두가, 모두가 상주로구나.

곁님

　길 가다 말고 선욱이 할아버지가 헛기침을 지르며 다가오시는 것이었다.
　"상택이가 성님 성님 큰일났소 해서 가봤드니 늬미 헐놈의 거시 글씨, 물꾀기를 삶았응께 한잔 걸치자고 거짓깔로 안 그랬소? 에라 너나 쳐묵어라 하고 와부렀재."
　어디 다녀오시는 길이냐고 여쭙지도 않았는데 욕지기를 절반이나 섞어 앙앙거리시는 말씀이 이랬다.
　"그래도 성의를 봐서 한잔 드시고 오시재만 그러셨어요?"
　할아버지는 그 말을 기다렸다는 듯
　"요새 아들놈이 보약 보내줘 달여 묵지 안 허요? 보약 묵을 때는 절대로 술 갖다 대서는 안 된다드라고라."
　도리질을 치며 말씀하신다.

영감님 꿍꿍이가 또 큰아들 자랑이다 싶어 앞질러 효자는 효자라고 추켜드렸더니 얼굴이 봄꽃만치로 활짝이 피어오른다. 신천 어른은 그놈의 아들 자랑 때문에 온 동네 이웃사촌들에게 왕따돌림을 당하고 사시는데도 그 버릇을 올해도 여전히 고수하실 모양이었다.

대찮아 아들 하나는 잘 두시기는 두셨는지 서울 근교 아파트 상가에서 사진관을 한다는데, 끼니나 잇기 빠듯할 터임에도 불구하고 장남은 사시사철 보약이다 뭐다 좋다는 것은 다 사서 부친다. 그래서일까? 영감님 뒷모습을 보노라니 서른 몇 살짜리 장정을 보는 것만 같다. 아들의 곁이 새삼 실감나는 모습이었다.

나는 이왕 밖으로 걸음을 떼었으니 저수지 확장 공사하는 데나 들러보고 오려던 참이었다. 그런데 저 멀리서 남준이가 헉헉거리며 달려왔다.

"해빈이 집에 있대요?"

"야, 네가 시방 몇 살인데 다섯 살 묵은 꼬맹이하고 놀겠다고 그러냐?"

남준이는 싯누런 콧물을 들이 삼키고는 내 팔에 엉겨 붙는 것이었다.

"해빈이가 귀여웅께 그러죠 뭐."

이 녀석 징그럽게 어인 아양인가. 내가 그 속을 모르는 바 아니었다. 잿밥에 더 관심이 있기 때문이 아니겠는가.

그러니까 엊그저께, 뒷산에서 꺾어왔나 잘 여문 맹감 덩굴을 들고 나타나자 우리는 고구마를 썰어 남준이에게 튀김을 만들어 주고는 맹감 덩굴이랑 물물교환을 했더랬다. 아마 남준이가 그 튀김 맛에 황홀해버린 것이 분명했다.

남준이는 한번 방구석을 빙 둘러본 뒤에 해빈이가 보던 그림 동화책을 뒤적거렸다.

나는 저수지 행을 포기하고 남준이 손을 잡고서 집으로 향했다. 앞서 가시던 신천 어른이 버드나무 밑동에다가 오줌을 내뿜고 계셨는데 오줌발이 제법 키가 높고 세찼다.

나는 속으로 보약이 좋기는 좋은가벼 하면서 히득거렸다. 남준이는, "저 할아버지는 때도 안 닦는가봐요, 고추가 뭐 저렇게 시꺼멓대요?" 웅얼거리는 것이었다. 나는 녀석의 말이 하도 생뚱해서 배를 쥐고 웃었다. 그러고는 "얌마, 너나 잘 닦어." 군밤을 한 방 갈겨줬다. 하여간 우리 남준이는 알아주어야 한다. 어디 하나 어두운 구석이라고는 없다.

남준이는 할머니랑 단둘이 살고 있다. 남준이 아버지는 무슨 연유였는지 스스로 세상과 끝을 본 사람이었다. 그가 죽고 얼마지 않아 남준이 엄마도 동네에 더는 보이지 않았다. 그러고부터 늙은 할머니는 혼자서 어린 손자를 정성을 다해 거두었다. 남준이는 그렇게 할머니 손에서 기저귀를 뗐고, 말을 배웠고, 할머니가 밀어주는 세발자전거를 탔다.

남준이는 방에 들어오자마자 해빈이를 밖에 데리고 나가 놀겠다고 그랬다. 나는 오늘도 튀김을 기다리며 방에서 놀 줄로만 알았는데, 녀석은 그 생각으로 온 것이 아니라는 듯 딴소리를 놓았다. 해빈이는 형아, 형아 하면서 남준이를 따라 나가겠노라고 겉옷을 입혀달라고 졸랐다. 둘이 예배당 마당에서 한참 공을 가지고 놀더니만 남준이는 제 집으로 해빈이를 데리고 갔다.

한 두어 시간쯤 지났나? 해빈이가 돌아왔는데 손에는 반쯤 먹다 만 찐 고구마 하나가 들려 있었다. 마치 엊그저께 튀김에 보답이나 하려는 듯 말이다. 형이 이젠 집에 가겠다고 하자 해빈이는 가지 말라고 징징거렸다.

"너는 엄마도 아빠도 있잖아. 그냥 여기 있어."

글쎄 남준이가 그렇게 말을 하고 돌아서는 게 아닌가. 그 말이 내 귀로는 꼭 '너는 좋겠다. 엄마 아빠 있응게'로 들려왔다. 순간 남준이가 어찌나 안쓰럽던지. 나는 남준이 머리를 감싸 안았다. 들어와서 더 놀다가라고 그랬다. 오늘도 고구마튀김이 기다리고 있었고 우리는 어서 빨리 내 놓으라고 젓가락을 두들겼다.

언젠가 어떤 월간지에서 새해 덕담 하나를 부탁하시길래 '그대가 곁에 계시다는 것이 제게는 가장 소중한 축복입니다'라고 적어 드린 일이 있었다. 이를 신영복 선생님이 먹글씨로 써서 담아 주셨길래 마루턱에 붙여 놓고 늘상 새기고 있다.

올 한해 누군가의 곁이 되어 줄 수만 있다면 좋겠다. 우리들 저마다 누군가 곁에 있다는 것처럼 소중한 축복이 어디 있겠는가.

인디언들의 말에 '친구'란 '나의 슬픔을 등에 진 너'라는 뜻이란다. 이웃의 슬픔을 등에 지고 살아간다는 것, 그렇게 곁이 되고 친구가 되어 살아간다는 것, 이보다 더 큰 아름다운 사랑을 나는 알지 못한다.

시대가 어둡고 아프고 쓸쓸하다. 우리가 무슨 짓으로 무슨 수로 이 세상의 서러운 가슴마다 쓸어줄 수 있단 말인가. 우리들 먼저 저마다 누군가의 곁이 되지 않고서는, 내 곁에 있는 예수를 발견하고 그의 슬픔을 등에 지지 못하고서는 이 시련의 바다를 건널 수가 없다.

저 마을의 골목 어디쯤엔가 삶의 뿌리를 내리고 이웃네와 벗하며 오순도순 아웅다웅 살아가는 일, 그 이상의 위로와 격려가 어디 또 있겠는가. 참말 누군가의 소중한 곁이 되어줄 수 있다면, 그렇게 한 생을 살아갈 수 있다면 좋겠다.

별구경

 윤성이는 이제 스물여덟의 눈부신 젊은이지만, 첫눈에는 오글 쪼글 나이든 아저씨만 같다. 그도 그럴 것이 농고를 졸업하고 서울에 올라가 전공 맞춰 들어선 첫 직장이 터미널 꽃도매시장 잡부였는데, 그도 얼마 못가 친구 따라 비끌리어 흘러든 곳이 백화점 지하 식품매장, 그러다 동대문 지하상가, 얼마 전까지는 제책을 하는 을지로 지하 공장으로, 이곳저곳 지하세계를 떠돌면서 험하게 산 윤성이었다. 그런 윤성이가 저지난달 제책공장이 그만 부도를 맞는 바람에 고향땅 홀어머니 품으로 잠시 내려온 것이다.

 십 년 어간을 걷잡을 길 없이 도시의 골목을 전전하던 윤성이는 명절날이 되어야 가까스로 고향산천을 찾고는 했다. 이 나라의 강철 노동자 우리 윤성이가 명절도 아닌 이 창창 봄날에 고향집에 구들 지고 누워있다니, 게다가 잠도 덜 깬 부스스한 몰골로 뒷간에 담배를 꼬나물고 앉아 똥 아닌 한숨을 싸 대고 있다니, 이눔의 시상! 억장 만장을 다 무너지게 한다.

윤성이를 처음 만난 것은 내가 서울에서 내려와 남녁살이를 시작한 바로 그맘때였다. 윤성이 아버지가 위암으로 사경을 헤매던 때였다. 그때 의료원 의자에 믹스 커피를 빼들고 앉아 소소한 이야기를 나누었던 것이 서로 마음에 찼던 모양이다.

장례식을 마치고 서울로 올라가는 날, 인사차 들른 윤성이는 "이번에 아버지 일로 교회 분들이 애를 많이 써주셔서 고맙습니다. 종종 연락드릴게요"라며 나이답지 않은 인사말을 안겼다. 나는 그런 갸륵한 심성의 윤성이가 더욱 안쓰러워 쉬이 손을 놓지 못했었다.

어제 저녁예배에 나오신 윤성이 어머니 마량댁이 나를 따로 보자고 하셨다.

"갸한테 따순 말씀 쪼깐 많이 해주쑈야. 가찬 데다 두고 봉께로 한정 없이 좋긴 헌디, 담배도 너머 피어싸코, 한숨 쉬는 것을 보믄 짠해가꼬 못 보겄어라우. 납부닥 살은 빠질 대로 빠져 부러서 꼭 동냥치 얼굴만 같어라. 지 맴도 시방 맴이 아니구마니라우?"

땅이 꺼지는 한숨으로 이러신다.

낮에 못자리를 보고 돌아오는 길에 마침 들녘을 나온 윤성이를 만났다.

"뭔 재변 났나 모르겠다. 중복도 아닌데 날씨가 한여름마냥 푹 푹 찐다야?"

"소 돼지 없애고 낙타를 키워야겠어요."

낙타라는 말에 나는 배시시 웃음부터 흘러내렸다.

"여태까지 잤나?"

"아뇨. 맘이 편해야 잠도 오지요, 자도 꿈자리만 뒤숭숭하고……. 제가 요새 그래요."

잠 못 잔다는 말에 여간 마음이 쓰리지가 않았다. 밤에 집으로 찾아오라고 시간 약속까지 정하고 헤어졌다.

밤기슭에 윤성이는 드셔보라고 요구르트 두 줄을 손에 들고 찾아왔다. 내 흙방에 들어선 윤성이는 서까래에 걸린 알전구 은은한 불빛을 보고는 "아이고, 이런 불빛 오랜만이네"하며 반가워했다.

윤성이가 좋아한다는 김광석의 음반을 올려놓았는데, '일어나'를 듣다가 저도 흥이 오르는지 손 박자를 놓으면서 노래를 따라 불렀다. "일어나, 일어나 다시 한 번 해보는 거야" 그 사이 버너에 올려놓은 조개비와 홍합이 뜨거운 열기에 입을 벌리기 시작했다.

"마음고생이 많겠구나. 네 생각 많이 했는데……. 너는 내 생각 밥티맹큼도 안했지? 시한(겨울)에 윤희가 잠깐 내려와서 네 얘길 여러 번 꺼내더라. 백화점 지하에서 마이크 잡고 손님 부르는 네 모습이 제 눈엔 많이 짠해 보였는가, 몇 번이고 오빠 위해서 기도해 달라고 그러면서……. 윤희 마음씨가 참 고와."

수원 어디공장이라던가? 열아홉 살 나이부터니까 벌써 오 년째가 된다. 생산라인에 온종일 서 있을 윤희. 동생 생각에 윤성이는 울컥해지지 않으려고 그러는지 술잔을 거푸 비웠다.

"어서 먹고 밖에나 나가자. 오늘은 별구경이 좋겠더라. 별이란 별은 죄다 놀러 나왔드라고."

들창을 올리며, 마치 내가 벌린 별잔치인 것처럼 별 자랑을 했다.

달빛과 별빛으로도 저수지 제방 언덕은 대낮만 같았다. 제방 언덕에 올라 금릉 들판이 내려다보이는 자리에서 우리는 멈춰 섰다.

"앞으로 뭐 할 생각이야?"

"……모르겠어요, 계획도 없고 용기도 없고……."

윤성이의 막막한 대답에 꺼내려 했던 다음 말이 서늘히 잠겨 버렸다.

춘분날 밤에 큰곰자리, 사자자리, 목동자리 하며 봄 별자리들을 바라보았던 일이 엊그제 일만 같은데, 세월은 벌써 입하를 지나 하지로 달음질을 치고 있다. 오늘밤은 백조자리, 거문고자리,

독수리자리 같은 여름 별자리가 한눈에 들어온다.

"다 변했어요. 다 사라지고 아무것도 남지 않은 것 같아요. 집도 산도 들도 사람도 다 변하고 없어지고. 그런데 별들만 여전한 거 같아요. 옛날 저 어려서 보았던 그 별자리가 오늘도 그대로예요."

윤성이는 별들이 드러난 하늘을 올려다보다가 저수지 잔디밭에 드러누웠다.

"윤성아, 그만 내려와서 살지 그래. 어머니 도와서 농사도 짓고, 밤에는 별구경도 하고."

내 말이 소가지 없는 말로 들릴 수 있을지도 모르겠다는 생각을 하면서도, 그 말에 비나리를 실어서, 하고 싶었던 한마디를 그제야 내밀었다. 윤성이는 아무 대꾸가 없었다. 그저 담뱃불 하나가 별빛에 보태질 뿐이었다.

그리고 몇 날이 흘렀다. 서울에 올라간 윤성이에게서 전화가 걸려 왔다.

"저, 이곳 정리하고 있어요. 그렇다고 시골에 내려가 내내 살 생각은 아니에요. 지금은, 그러니까 지금은, 그냥 별이 부르는 것만 같아서요. 그날 밤 보았던 별들이 눈만 감았다 하면 떠오른다니까요."

"그래 그래, 윤성아!"

겨울 하루

불빛이 새어나간 창문 너머로 하염없는 함박눈을 바라본다.
눈 내리는 겨울밤 나는 아이를 꿈길로 인도하는 중이다.
"코―할래, 아빠"
"그래? 그럼 아빠가 노래 불러줄게. 일루 누워."
"무슨 노래?"
"음, 아빠가 좋아하는 노래. 아빠가 아는 노래 중에 가장 예쁜 노랫말을 가진 노래. 자, 눈 감아봐 어서."

나무야 나무야 겨울 나무야
눈 쌓인 응달에 외로이 서서
아무도 찾아오지 않는 겨울을
바람 따라 휘파람만 불고 있느냐

평생을 자라봐도 늘 한자리
넓은 세상 얘기도 바람께 듣고
꽃 피는 봄여름 생각하면서
나무는 휘파람만 불고 있구나

그래 정말이군. 함박눈을 뒤집어쓴 울타리 전나무들이 휘파람을 부는군. 바람소리라고? 아냐, 저 소리는 나무가 부는 휘파람 소리가 분명해. 올해는 눈이 참 많이도 내리는군. 눈보라가 자주 불어치고 옷 벗은 나무들이 고생이겠어. 가지마다 한 주먹씩 눈을 움켜쥐고 덜덜덜덜. 매운 바람 맞으며 또 덜덜덜덜.
"펄펄 눈이 옵니다. 하늘에서 눈이 옵니다. 하늘나라 선녀님들이 송이송이 하얀 솜을 자꾸자꾸 뿌려 줍니다."
선녀님들도 요새 고생이 많으시겠네. 삽질하시느라 알통 배겼어. 노래 끝에 히힛.
아이는 말똥말똥하던 눈을 감고 왼쪽으로, 이번에는 오른쪽으로 뒤척인다.
"잘 자. 내 꿈 꿔"
이마에다 뽀뽀, 볼에다 뽀뽀, 입술에다 뽀뽀.
"귀신 꿈?"
아이가 눈을 뜨고 푸하하하 웃으며 그런다. 누군가 웃음엣소리로 한 얘기를 해빈이가 기억한 거다. 그러니까 애 앞에서 말조심

해야 한다니깐?

다시 자장자장, 아빠가 네 꿈자리까지 지켜주마.

〈스노우 맨〉, 지인이 서울을 샅샅이 뒤져 안겨준 그 사운드트랙을 찾아 틀었다. 미성의 소년 피터 오티가 부르는 〈Walking in the Air〉를 아이의 손을 만지며 듣는다.

아이야! 눈사람 아저씨 나오는 영화 생각나지? 오늘밤 꿈에는 눈사람 아저씨 손을 잡고 멀리 산타할아버지 사시는 북극까지 훨훨 날아서 다녀오렴. 저 창밖에 날리는 눈발처럼 하늘을 걸어서 말이다. 눈 쌓인 침엽의 숲도 지나고 얼음 계곡도 지나 고래의 항로를 따라 멀리멀리. 흰곰 식구들이 마중 나오지 않았니? 너 지금 북극에 당도했니? 지금 너 거기 있는 거니?

아이는 대답이 없다. 잠이 깊이 들었군. 알찐알찐 움직이고 말할 때는 모르지. 그러나 아이가 잠에만 들어도 나는 아이랑 말을 나누던 시간이 금세 그리워진다.

오늘 아침.

"눈이야 눈! 아빠 눈이야 눈, 봐봐. 할머니 눈 내려요 눈!"

아이는 토방에 서서 소리소리 환호성이었다. 옷들을 꺼내 입혔다. 할머니는 더 입혀야 돼, 장갑도 끼어줘라, 양말도 두 켤레는 신겨야 쓴다, 모자도 씌워, 목도리는 엇다 둬부렀다냐? 감기 걸린 다이, 왼통 손자 걱정뿐이셨다.

"엄니, 나도 쪼깐 그렇게 챙겨주십씨요?"

꼬부랑 할머니를 끌어안자,

"징그럽게 뭔 짓이여, 절루 가랑게? 눈이나 비찌락으로 쓸어부셔."

빗자루를 건네신다.

한번 눈밭에 뒹굴어본 아이는 아침밥도 먹기 싫다 하고 방에 들어오려 생각도 않았다. 동네 아이들이 비닐포대로 눈썰매를 타고 노는 새내골 넘어가는 산언덕에 가자고만 나를 졸랐다. 비닐포대 한 장 들고 찾아간 산언덕, 아이들이 대환영이었다. 산타할아버지를 만난 듯 짝짝짝 와와와, 이 녀석들이 나보고 무얼 내놓으라고 이러는 거지?

애들에게 해빈이를 맡기고 집에 돌아와 뒷방 구석에 앉혀놓은 고구마를 잡히는 대로 퍼담았다. 굵고 붉은 고구마들... 그리고 뒤꼍에 버려 둔 큼지막한 사각 철통에 못 구멍들을 내어 산언덕으로 다시 향했다. 애들을 시켜 눈 속에 묻힌 마른 잔솔가지를 구해와 철통에 넣고 불을 지폈다. 녀석들은 고구마를 구워먹는다는 소식에 함박눈이 입으로 들어가게 으하하하.

나도 해빈이도 스키장이 어떻게 생겼는지조차 모른다. 앞으로도 드나들 팔자는 못될 것이다. 하지만 우리 아이는 비닐포대 눈썰매를 돌 지나 걸을 때부터 탔다. 동네 몇 안 되는 아이들은 산길마다 눈썰매 코스를 만들어 놓고 해빈이도 태워준다. 넘어지

참꽃 피는 마을 | **173**

고 뒹굴고 부딪히고 깔까르르 웃어대며 눈 내리는 날의 즐거움이란 즐거움은 죄다 누리는 시골 아이들. 금으로 은으로 지어진 궁궐에서 놀고먹는 천국이 있다면 이 아이들에게는 도리어 지옥 같은 곳이리라.

"다 익었다. 먹자 애들아!"

"앗, 뜨거 뜨거."

아이들과 둘러앉아 호호 불며 얼굴 가득 숯검정이 묻도록 군고구마를 까먹었다. 눈발이 뜸해졌지만, 아이들이 키 작은 나무들을 흔들어 대서 눈은 하루 종일 내리는 거나 마찬가지였다.

활활 불기가 달아오른 아궁이를 살펴보고 방에 들어왔다. 점심때 반짝 갰던 하늘은 다시 새까만 눈구름이 몰려오기 시작한다. 함박눈은 한 번쯤 지망없이 내려 볼 작정인가 보다.

눈 내리는 저녁에는, 어떤 음악을 들을까. 중세의 작곡가며 영성가인 힐데가르트 폰 빙엔 수녀의 성가를 찾아 틀었다. 캄캄한 우주에 내리는 눈발 같은, 힐데가르트 수녀의 음악은 눈 내리는 밤이어야 제 맛이다. 함박눈처럼 펑펑 내 방으로 쌓이는 우주의 음표가, 인스트루먼트의 화려한 기법이 재리재리하게 가슴속을 파고든다.

아직 초저녁인데 눈을 감고 선율에 취했더니 그만 잠이 들고 말았나 보다. 군불 땐 방 아랫목에 몸을 파묻고 있으면 잠이 오지 않는 게 오히려 이상하지.

꿈을 꾸었다. 아니 그것은 꿈이 아니었다. 내 어릴 적 일이 그대로 꿈속에 옮겨져 있었으니까. 복도가 긴 수술실, 내가 어떻게 병원의 구조까지 이토록 낱낱이 기억하고 있었지? 분명해, 바로 이 병원이었어. 어머니의 아랫배는 실로 꿰맨 자국이 너무도 크고 길고 깊숙했다. 마취가 풀린 후에도 의식을 차리지 못하고 사경을 헤매시는 어머니. 밖은 눈이 하염없이 내리고 있었다.

어머니를 간호하던 큰누나가 조리실에서 석유화로 불에 지어 온 쌀밥, 누룽지가 고소한 냄새를 피어 올리던 그 쌀밥을 엄마가 누워 있는 곁에서 허겁지겁 먹는 중이었는데 누나가 밥 먹다 말고 흐헉— 울음을 터트리는 것이었다. 나는 누나의 눈길이 멈춘, 눈도 뜨지 못하시는 엄마를 보았다. 숟가락을 내려놓고 나는 복도를 달려 눈 쌓인 거리로 뛰쳐나왔다. 한치 앞도 볼 수 없었던 함박눈 내리는 거리에서 나는 미끄러지며 넘어지며 무작정 교회를 찾아 달렸다.

성탄 트리가 예쁘게 장식되어 있던 어느 교회에 찾아 들어갔다. 나는 그 무섭도록 캄캄한 교회의 십자성상 앞에 무릎을 꿇고 간절히 엄마를 위해 기도했다. 그날 나는 하느님과 무서운 거래를 했다.

"엄마를 살려주세요. 하느님! 엄마가 다시 살아날 수 있다면 내가 어른이 되어 목사가 될 테니까. 불쌍한 사람들 곁에서 평생 살아갈 테니까. 그럴 테니 제발 우리 엄마를 살려주세요."

놀라 깨어나 시계를 보니 아홉 시, 안채로 건너가 찬물 한 잔을 마셨다. 어머니는 해빈이랑 그림을 그리며 놀아주고 계셨다. 어머니, 어머니…….

머리에 쌓인 눈을 털고 예배당에 들어갔다. 새하얀 성탄트리에 전원을 넣었다. 은색 금색 녹색 붉은색 장식물들이 빛을 받아 후두둑 후두둑 예배당 구석구석으로 날개질 친다.

"하느님, 그랬군요. 그런 약속이 있었군요. 눈 내리던 날, 나를 그렇게 불렀군요. 아마 눈 내리던 날 어머니가 돌아가셨더라면 나는 해마다 겨울이, 눈 내리는 이런 날이 너무너무 슬펐을 거예요. 보세요, 밖에 눈이 내려요. 하느님도 이런 날은 슬픈 일을 만들고 싶지 않으신 거죠? 오늘 나처럼 하루 종일 깔깔거리고 웃고 싶으신 거죠?"

다시 내 방, 아이는 나와 자겠다며 할머니의 섭섭한 마음도 모르고 내 흙방으로 건너왔다.

"코—할래, 아빠"

"그래? 그럼 아빠가 노래 불러줄게 .일루 누워."

"무슨 노래?"

"음, 아빠가 좋아하는 노래. 아빠가 아는 노래 중에 가장 예쁜 노랫말을 가진 노래. 자, 눈 감아봐 어서."

나무야 나무야 겨울 나무야

눈 쌓인 응달에 외로이 서서
아무도 찾지 않는 추운 겨울을
바람 따라 휘파람만 불고 있느냐

옛일

　상춘 씨 막내 처제는 우유가공 공장을 다녔다. 날씬한 몸매에 청바지가 잘 어울리던 처제는 언제 보아도 명랑하고 상냥한 아가씨였다. 그녀는 현장사무소에 파견 나온 토목기사와 사귀었는데 그만 남자 쪽의 변심으로 비극적인 단막극의 주인공이 되고 말았다.

　그 길로 공장에 사표를 낸 처제는 한동안 넋 잃은 사람이 되어 멍하니 지즐앉아 창문 밖만 내다보곤 했다. 누가 방문하든 인사도 내다보지도 않고 얼굴 보기가 별 따기였다.

　부모님 모두 돌아가시고 갈 곳이라고는 없던 처제는 그 일을 당하고 얼마 안 있어 언니네를 떠나 광주에서 혼자 자취를 시작했다.

　번번이 나이에 걸려 새 직장 얻기가 여의치 않자 그렇다면 싶었는지 처제는 서류전형으로 들어가는 대학에 합격, 늦깎이 대학생이 되었다. 이제 그녀도 대학생이 된 것이다.

시집가려고 모아놓은 밑천을 쓸데없는 데다 쏟아 붓고 있다며 언니나 형부는 달가워하지 않는 눈치였지만, 처제는 새벽 일찍 영어학원까지 다니며 못 다한 공부의 한을 풀고 있었다. 세월은 흘러 흘러 벌써 졸업반이라던가.

지난 주말, 취나물이 많으니 가져가라는 상춘 씨의 전화를 받고 집에 들렀다가 처제를 만났다. 중간고사를 마치고 내려왔다 했다. 얼굴 가득 밝은 기운이 감돌고 볼은 살이 붙어 사람이 아주 달라 보였다. 한참 이별후유증으로 사경(?)을 헤맬 때 상춘 씨랑 나누었던 말이 있었다.

"처제가 설마 사랑에 목숨을 걸진 않았겠지요?"

내 말에 상춘 씨는 빙그레 웃으며

"설마 그랄랍디여? 저런 뒤래야 사람이 크질 않겠습니까. 몸이 다 크믄 그 다음은 사랑 땜시 마음이 크는 거시재라우. 그거시야말로 진짜 크는 것 아니겠어요? 두고 보시랑게요. 언제 그랬냐는 듯 퍼허허 웃고 나올 팅게."

그 말은 옳은 말이었다. 대문을 따준 처제는 살갑게 팔짱까지 끼며 이 얼마 만이냐고 나를 반겼다.

공장에서 퇴근한 상춘 씨 처제가 버스를 기다리면서 시계를 자주 들여다보던 그 모습을 잊을 수 없다. 그 자리에 지금은 차

량정비공장이 들어섰지만, 전에는 포도밭이었다. 오토바이를 몰고 지나가다 그 포도밭 근처에 이르면 아르아르한 포도 향기를 조금이라도 더 마시려고 속도를 줄이고는 했다.

한 번은 퇴근하는 처제를 만나 치마가 펄럭이는 처제를 뒤에 태우고 터미널에 내려주었다. 그때 처음 처제의 남자친구를 먼발치에서 볼 수 있었다. 건설 현장에서 일하는 사람처럼 보이지는 않고 첫눈에도 뺀들거리는 바람둥이처럼 보였다. 그러나 처제는 그 사람의 친절함과 다정한 말에 단단히 취해 있었다.

매일같이 버스 승강장에서 처제는 사내를 기다렸고 그를 만나러 읍내로 나가기도 했다. 향기로운 포도 내음이 진동하던 처제의 사랑은, 그러나 이제는 옛일이 되어 버린 그 사랑은 여우비처럼 잠깐 왔다 가버린 사랑이었다.

순수했기에 처제는 그만큼 상처가 컸던 것이리라. 그러나 오늘 만난 처제는 그 상처를 씻어내고 훌쩍 어른으로 자라 있었다. 말끝에 스스로 심중소회를 내어놓듯 과거 연애담을 편하게 꺼낼 정도였다. 비상등을 켜고 달리던 시절을, 이제는 저렇게 가벼워진 마음으로 이야기할 수 있게 되었구나.

수년의 세월이 흐른 뒤가 아닌가. 더구나 그 일로 피뢰침을 갖게 된 그녀가 아닌가. 생을 대면하는 여유로움, 지난날의 자신을 용서하고 긍정하게 된 처제는 더 이상 이십대 철없는 아가씨가 아니었다.

 취나물에 밥 한 그릇 먹으며 마신 반주로 알딸딸해진 김에 시 한수 낭송해도 되겠느냐고 호기를 부렸다. 그니의 담담함에 나 자신 용기를 얻어 내놓은 시였다.

 벌겋게 달아오른 포도들이
 대낮부터 취해서
 바람만 살짝 불어도 휘청거리는 포도밭을
 나 비틀거리며 지났네
 포도밭집 소아마비 막내딸이 연주하는
 쇼팽의 피아노 소품이 폴란드의 저녁처럼 쓸쓸하고
 누이는 공장을 빠져나와 버스를 기다리는데
 여대생과 사랑에 빠진 사내는
 이별의 선언을 가지고 약속장소에 앉아 있네

 누이여, 포도밭에서 취하고 가라
 여행을 할 줄 아는 사람은 포도밭을 그냥 지나치지 않는다
 포도밭에는 포도주가 있고
 포도주는 인생을 다 알고 있다네

 이 시의 주인공이 누구인지 아느냐고 물어볼 것까지도 없었다.

처제는 "그 시, 저에게 주면 안 돼요? 제 스토리네요 뭐." 공책까지 가져와 써달라고 졸랐다. 나는 그 시를 시의 주인공에게 건넸다. 상춘 씨는 "맞아, 이 밤엔 우리가 포도주를 먹어야 써" 하면서 점방으로 달려가 천 몇백 원짜리 포도주를 사왔다. 내일 설교해야 할 사람을 아홉시 뉴스까지는 보고 가야 된다고 붙들고 늘어져 주저앉게 해놓고서 말이다. 처제는 벽에 기대어 계속 시가 적힌 공책을 힐끔거렸다. 그러더니 포도주 한 잔을 자작해서 마셨다. 내가 너무 잔인하지 않았나 후회가 들었다. 집을 나오는데 달빛 아래서 처제가 그랬다.

"아까 그 시, 언제 쓰셨어요?"

"처제 광주로 떠나갔단 말을 듣고 아마 그날 썼을 거야. 처제랑 포도주나 한잔하고 싶었는데, 그때."

"그럴 걸 그랬어요. 그땐 너무 힘들었는데. 이젠 다 옛일이네요."

"그렇네. 정말 옛일이네. 기다려봐요. 좋은 사람 곧 만나게 될 테니까. 남자들이 죄다 안대를 하고 사나 여자 보는 눈이 없어."

"글쎄 말이에요. 후후."

언제 다시 들녘 나올까

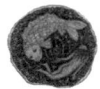

구름을 비껴 나온 햇살은 토담을 기어올라 잿빛 슬레이트 지붕 위를 뛰어댕기고 있다. 그 지붕 행렬 끝에는 지난 수년 동안 똘박스럽게 동네 이장질을 보아 왔던 대봉이 형님의 살림집이 서 있다. 켜켜이 뗏국물을 뒤집어쓴 사립문은 근 두 달여를 옥문마냥 굳게 닫혀만 있었다.

해질녘이면 '꺼윽꺼윽' 숨넘어가는 사내의 곡소리만 흥흥히 문 밖을 나설 뿐, 누구 하나 담벼락 근처에도 기웃거리지를 않았다. 속창시라고는 없을 아이들마저 먼 길을 비껴 다녔고, 주책이고 나발이고 간에 머리를 들이 밀어쌌는 개떼마저 얼씬들을 안했다.

그날 이후로, 형은 나락 농사며 하우스며 이장일이며 할 것 없이, 모든 일을 놓아 버렸다. 부지깽이도 뛴다는 오뉴월 아닌가.

바야흐로 시방은 억척 농군으로 소문이 자자한 김대봉 씨의 전성기여야 쓰질 않겠는가 말이다. 허나 암만 눈을 씻고 보아라. 그이의 꽁무니라도 보이는가.

내로라하는 참견꾼 잣골 윤씨가 떠밀리다시피 맡게 된 이장 사무는 사사건건 서투르기만 하여 어르신들에게 핀잔을 사기가 다반사다.

마을 소유로 되어 있는 논이 여러 떼기 있는지라 덤터기로 모내기까지 늦었으니 술만 삼켰다 하면 들컥질인 모양이다.

그렇대도 속사람이 어디 그럴 사람인가. 윤씨의 거들짝인 성전댁 아짐의 말씀에 따르면 며칠 전 윤씨가 술에 취할 대로 취해 들어와서랑 대봉이를 위로하겠다며 십 분이고 이십 분이고 받지 않는 전화기를 들고 서 있더라는 것이다. 그러다가 수화기를 동댕이를 치고 방바닥을 가로지르며 어뜩하도록 울어 대더란다.

"대봉어이 으짜까잉, 우리 대봉이를……." 하면서.

아, 벌써 몇 달째인가? 마을 사람들은 너나 할 것 없이 지랄 같은 술만 늘어부렀다. 살붙이처럼 맞붙어 사는 마을살이라는 것이 대체로 기쁨과 슬픔의 전염이 오래 가는 법이라 할지라도, 이번 일처럼 두고두고 가슴을 짓찢어 놓는 일은 예전에 다시없었을 것이다.

김대봉은 바닷가 도암부락 끄트머리에서 뻘물을 들이켜며 살아온 갯벌지기였다. 그런데 난데없는 간척지 사업이 공시되었고, 갯벌지기들은 보상금 몇 푼을 받아 쥐고는 속속들이 서울로 광주로 떠나들 갔다.

 그러나 중학교 졸업 이후 수년 동안을 서울의 어느 간판집 슬하에서 간판을 걸러 다닌 일이 있었던 김대봉으로서는 더 이상 도시로 나가 살 생각이 없었나 보다. 그는 논밭이 윤기 있고 찰진 우리 동네로 산 하나 넘는 이사를 왔다. 그리고 보상금 일부로 볕 잘 드는 논밭을 사고 융자를 받아 비닐하우스도 서너 동 잘 지었다.

 그러나 호사다마라 했던가? 식도 올리지 않고 살을 섞기부터 했던 여자가 도망친 것이 바로 그 즈음이었다. 깜깜 시골에서 평생 들러붙어 살 누룽지 팔자는 싫다고, 여자는 가차 없이 짐 보따리를 싸서 내뺐다. 보상금 얼마라도 쥔 마당에 일을 저질러 버리는 것이 그녀가 할 수 있는 최선의 탈출책이었을 것이다.

 김대봉은 몇 달을 떠돌며 여자를 체포하려 애를 태웠건만 끝내 포기를 하고 내려왔다. 그러고는 사납게 땅만 파질러 대는 삽질이었다.

 그이의 꼬일 대로 꼬인 심사가 폭발하는 쪽은 만만한 덕치 양반과 교회 쪽이었다. 친구인 덕치 양반 큰아들의 빚보증을 서주었다가 기백만 원을 물어줘야 되게끔 일이 돌아가자 덕치 양반뿐만 아니라 덕치 양반이 집사로 있는 교회로까지 미운 소리를 던져 댔다.

 언제는 마을 분들 모인 자리에 갔더니만 시종일관 안면을 돌리면서 교회가 가끔 하고 있는 의료봉사와 남녘학교 일에 생트집을 잡고 씹어 대는 것이었다.

그래도 그의 노모 옴천댁은 옆집 사는 솔치댁의 적극적인 공세에 힘입어 어느 해 성탄절인가 교회 노래잔치에 한번 나들이를 나온 일이 있었다. 교회에서 대야며 솥단지며 시상품까지 걸었으니 얼마나 결판진 놀이마당이었겠는가. 그러나 소매 걷어붙이고 쫓아온 아들에게, 모자지간에 이렇게 써도 되겠는가 모르겠으나, 옴천댁은 개 끌려가듯 끌려가고 말았다.

그뿐이면 말도 않는다. 교회 행사에 쓸 일이 생겨 마을 회관에 있는 접의자를 빌려달라고 정중히 부탁을 올렸었다. 그런데 김대봉의 대답인즉슨, "교회는 돈 아껴서 뭣에 쓴다요? 필요하면 사서 쓰쇼." 이런 싸가지 없는 말을 말이라고 내던지며 낯부닥을 돌려버렸다. 참말 미치고 환장할 노릇이었다. 그러나 이런 넹택없는 미움과 폭폭한 사람 사이가 그리 오래 가지는 않았다. 낙상 후유증으로 노모가 돌아가신 재작년 겨울, 은퇴 목사님과 나는 김대봉의 노모 시신을 극진히 염습하여 주었다.

교우들은 자기 일처럼 치상을 거들었으며, 수소문 끝에 그 맵찬 겨울날 굴삭기까지 불러서는 묘까지 파주었으니 제아무리 김대봉의 일심이라 할지라도 어찌 봄 땅 녹듯 녹지 않을 것인가.

이후 그는 "어이, 동상." 어쩌구 하면서 사삭스러울 정도로 다정한 호칭을 앵겨 오는 것이었다. 허허, 그리하여 나는 그이를 싫든 좋든 형님으로 모셔야만 했다.

  형이라고 부르는 것은 그가 연배의 나이에 걸터앉아 있기에 당연한 호칭이기는 하지만 동네 교회의 목회자로 있는 내가 '형'이라는 호칭을 그렇게 함부로 질러 댈 일만은 아니었다. 또한 그도 단순히 나이로 눌러서 나를 '동생'을 삼을 일도 아니었다. 그러나 곰곰이 생각해보면, 그가 내게 닫아걸었던 마음 문을 활짝 열고, 뒤틀어 쌓았던 감정의 담을 허물어 낸 일만으로도 감사하고 또 고맙기가 그지없는 일이었다. 동생 아니라 동생 할아부지라면 또 어떤가.

  대봉 형님의 뭣 같던 성질은 다 어데로 가고, 그야말로 성인군자 뺨을 치게 자신을 가다듬어 가기 시작한 것은, 그러나 뭐니 뭐니 해도 새사람이 들어온 이후부터였다.

  노모의 고향인 보성읍에 혼기를 놓친 처녀가 있었다. 그녀는 멀리 강진까지 마흔 살 먹은 농투사니 김대봉에게 처녀시집을 왔다. 농협 예식장을 빌려 바글바글한 예식도 올렸고 제주도로 신혼여행을 가서 사진도 무지하게 많이 박아설랑 돌아왔다.

  형수는 소아마비를 앓아 다리를 조금 절었지만 목발을 짚는 정도는 아니었다. 그러나 그녀는 내가 본 어느 누구보다도 아름다웠다. 얼굴도 얼굴이었지만 단정한 말씨와 웃어른을 공경하는 마음씀씀이하며…….

  대봉이 형님은 올 가을쯤에는 미용자격증을 갖고 있는 그녀에게 읍내에다 조그만 미용실을 차려주마고 약속까지 했다고 한다. 그동안 그녀는 남편을 도아 들일도 제법 잘 거들었고 딸기 하우스에서 딸기를 따 담는 일도 한 사람 몫을 충분히 해냈다. 우중충한 날에는 교회를 찾아와 김성동의 소설이나 스님들의 수필집을 주로 빌려가기도 했다.

형수는 어려서 천주교회 주일학교를 다니기도 했다는데 커서 절집에 자주 가지더라고 그랬다. 그녀의 그윽한 선행은 가히 보살의 본디박이에 다름 아니었다. 우리 집에 올 때마다 한 번도 빈손으로 온 일이 없었고, 하다못해 들꽃을 한 무더기라도 꺾어와서 캄캄한 예배당을 밝혀주었다. 그녀의 예의 바름과 깔끔한 살림살이는 금세 온 동네에 훈훈히 회자되었다.

십 년은 더 젊어진 것 같은 형은, 깔끔해진 외양만큼이나 마음도 너그러워졌고 술도 적당히 마시려고 무진 애를 썼다. 늑실나게 뱉어 대던 그놈의 욕지기도 여간 주저하는 눈치가 아니었다. 개과천선이라는 것이 무엇인지 아주 작심을 하고 보여줄 뿐새였다.

나는 날씨가 화창한 날이면 자전거로 마을을 한 바퀴 돌기도 하는데, 빨랫줄에 걸려 있는 형과 형수의 속곳이 다정하게 바람에 나부끼고 있는 것이 그렇게도 좋아 보였다. '자, 보아라' 하며 자랑스럽게 펄럭이는 사각빤스와 아리까리한 줄무늬 삼각빤스가 그야말로 찬란하게 나부끼던 그날의 기억, 그러나 이제부터는 말 그대로 기억으로만 접어두고 말아야 한다니, 다만 목이 메이고 가슴이 미어질 따름이로다.

  일이 일어난 것은 지난 춘사월, 눈썹달이 교교하던 밤이었다.

  형수는 구판장을 들러 물건을 사고 돌아오는 길에 뺑소니차에 치어 다시 못 올 먼길을, 너무도 허망하게 떠나시고 말았다. 사람의 목숨이라고 하는 것이 갈대에 부는 바람 같은 것이란 걸 받아들이기에는, 우리가 너무 생떼처럼 젊지아니한가. 그 이후의 자차부레한 일들과 감정들을 글로 옮긴다는 것은 나로서도 가슴이 애끓어 이만 여기서 가름하고자 한다.

  오늘은 바로 형수가 영면한 지 사십구일째 되는 날이다. 대봉이 형님은 긴긴 통곡을 개어 놓고 밖을 나왔다. 그리고 그토록 사랑해 마지않던 아내와 미처 세상을 보지도 못한 아기 씨앗의 무덤을 향해 맥아리 없이 산길을 터벅터벅 올라갔다.

  이왕 내친걸음이니 들녘까지 나와 주어 이제 막 뿌리를 내리기 시작한 모들을 어루만져 주었으면 하는 소가지 없는 바람도 가져 보았지만, 대봉이 형님이 살아서, 살아서, 우리 앞에 나타나 준 것만 해도 그 아니 고맙고 다행한 일인가.

  그동안 나는 그의 집 앞에서 서성이다가 발길을 돌린 적이 한두 번이 아니었다. 전화기도 수도 셀 수 없이 들다 났다 했다. 짝을 찾아 우는 새소리만 들어도 대봉이 형님 짠한 생각에 가슴이 아려왔다. 지난 두 달여 동안, 세상만사 귀찮았고 봄비마저 구질맞게 내렸으니 날마다가 슬프고 서럽기만 했다.

그러나 산 사람은 어찌되었든 다시 살아가지를 않던가. 다만 노심초사가 되는 것은, 형수에 대한 형의 뜨거웁던 마음으로 보아 설움에 북받쳐 농약을 마시지나 않을까, 솔모루에 가서 목을 매달지나 않을까, 그런 염려가 수그러들지를 않는다.

그래도 오늘은 멀리로나마 형의 애잔한 뒷모습이라도 보고 난 뒤끝이라 마음이 조금은 놓이기는 하지만, 그래도 사람일은 모르는 일이잖는가.

하여 나는 하느님을 쩽그라보며 한 말씀 올리지 않을 수 없구나. 대봉이 형님의 목숨만은 가져갈 생각을 마시라고. 당신이 암만 하느님이라도 그래서야 쓰겠느냐고.

직녀에게

저녁 예배 마치고 교인들이 다 떠나고 나니 예배당 안이 휑했다. 오늘도 나 혼자서 예수님이랑 뒤풀이를 해야 될 성싶었다. 그래 일찍이 다른 별에서 나의 연인이었을 이네사 갈란테를 불러냈다. 그녀의 음반을 올려놓고 내가 즐겨 듣는 카치니의 〈아베마리아〉까지 듣고 나서야 예배당 문을 닫을 수 있었다.

밤바람이 무척 차가워졌다. 가을도 저물고 있으니 곧 첫눈이 싸륵싸륵 내릴 것이다. 하늘에 별이 뜨지 않는 날은 첫눈이 어서 내리게 해달라고 하늘을 향해 두 손을 모아 보기도 한다.

마침 오늘도 그랬다. 낮부터 어두운 하늘에 대고 첫눈을 졸랐다. 첫눈이 내리는 반가운 그날은, 내 비나리가 한몫했다는 것을 그대도 알아주었으면 한다.

바람이 나들지 않게 아궁이를 철판으로 막고 방에 들어왔는데 기타가 뎅그렁 넘어져 있고 줄도 하나 끊겨 있었다. 잘못 세워 둔 내 탓이렷다. 저물녘 꺼내어 혼자서 노래를 불렀는데, 아무렇게나 세워 두고 나간 게 실수였다.

아팠겠구나, 여분으로 사 둔 기타 줄도 없는데, 내일 줄 사서 되살려주마. 미안, 미안.

내가 오늘 무슨 노래들을 불렀더라? 등을 보이고 떠나간 옛사랑처럼, 등을 돌려 서산으로 넘어가는 태양이 서러워서 슬픈 노래만 찾아 불렀겠지.

오늘 청승도 〈직녀에게〉를 부르고서야 마칠 수 있었다. 다른 노래들은 악보에 끙끙거리며 부르지만 〈직녀에게〉는 눈을 다 감고도 기타 코드가 훤하고 또 나의 오매불망 애창곡이 아니던가. 흙벽에 기대어 그렇게 기타줄을 퉁기면서 연기처럼 무엇무엇 날아가는 내 목소리에 눈물겨워했다. 앙잘스럽게 불러대는 〈직녀에게〉에 풀벌레도 우는 것만 같고 바람도 따라서 흐느끼는 것만 같았다.

〈직녀에게〉는 남녘교회에서 예배 때마다 부르는 입당송이었다. 하늘날마다 통일을 염원하며 '직녀에게'를 부른다는 것은, 창립날부터 지금까지 한 주일도 거른 일 없이 부르고 있다는 것은, 참으로 장하고 대견하고 아름다운 일이렷다. 비단 남녘 북녘의 통일뿐만 아니라 모든 인류의 평화와 일치, 천지만유 모든 생명의 합일과 너그러운 상생을 빌며 〈직녀에게〉를 소리 높여 부르고 있다.

〈직녀에게〉는 마을 사람들과 나를 친밀하게 연결해 준 고리 노릇을 하기도 했다. 이 마을 저 마을 젊은 벗님네들과 버물려 지내다보니 자기들 계모임이든 뭣이든 상관없이 모임만 있으면 허물없이 나를 부르곤 한다. 전에는 항시 새하얀 동정이 달린 한복 차림을 한 기생오라비 같은 젊은이라고, 그것도 교회에서 성미(쌀) 받아먹는 예수쟁이라고 싸늘한 시선을 안겨오던 분들이 하나 둘 가슴 벽을 허물고 거두어주신 것은, 이야기가 다 끝나고 뒷풀이를 하는 자리마다 내가 한잔 거나하게 막걸리를 걸치고 부르는 노래 〈직녀에게〉 때문이었다.

이별이 너무 길다. 슬픔이 너무 길다
선 채로 기다리기엔 세월이 너무 길다
말라붙은 은하수 눈물로 녹이고
가슴과 가슴에 노둣돌을 놓아
그대 손짓하는 연인아
은하수 건너 오작교 없어도
노둣돌이 없어도 가슴 딛고 다시 만날 우리들
연인아 연인아 이별은 끝나야 한다
슬픔은 끝나야 한다
우리는 만나야 한다

분단의 죄책을 고백하고 나아가서는 헤어져 다른 길을 가는 길벗님들을 한데 불러 모으는 데 이 노래는 신령한 무엇이 되어주었다.

더구나 남녘교회를 강진과 광주 두 곳에 세운 날이 모두 칠월칠석이 아닌가. 교우들과 함께 일부러 그렇게 날을 잡아 설립 기념일을 맞추었다. 견우와 직녀가 오작교에서 만나듯 남녘과 북녘이 하나 되게 해달라고 기도하고 그 일에 작은 밑거름이 되겠다며 다짐하고서 말이다.

이렇게 저렇게 남녘교회는 예배 때마다 〈직녀에게〉를 부르는 교회로 소문이 나기 시작했고, 나를 만나는 분들이나 강연을 부탁한 자리마다 〈직녀에게〉를 한 번 불러보라고들 청한다. 내가 아는 노래가 이것뿐이기도 하기에 정 부탁들을 하면 안면몰수하고 노래를 부르는데 "이별이 너무 길다"만 꺼내도 눈시울을 붉히는 님들을 보고는 한다.

놀라운 일은 대봉이 형이, 세상에 뽕짝 말고 다른 노래는 죽어도 부를 것 같지 않던 그이가 〈직녀에게〉를, 그것도 처음부터 끝까지 말끔하게 부르는 것이었다. 뽕짝의 대가 김대봉이가 글쎄 〈직녀에게〉를 배우고 불렀다는 사실은 중대 사건이 아닐 수 없다. 왜냐면 그는 뽕짝 말고는 다른 풍의 노래는 노래로도 인정치 않는, 아예 취급조차 않는 뽕작 애호가, 마니아, 골수 뽕짝맨이기 때문이다.

이렇게 바쁜 농번기 철에도 대봉 씨는 날을 잡아 한나절쯤은 낚시를 즐기는 멋쟁이다. 그러고도 충분히 나락을 거두어 말리는, 그이의 삶을 대하는 여유 앞에 나는 감동, 감동이었다.
　농부들이라고 뼈 빠지게 일만 하는 것은 아니다. 저녁놀이 아름다운지 왜 모르겠는가. 쑥부쟁이, 구절초가 피어오르면 예쁘구나 매만지고, 바람결에 하늘거리는 들판의 나락을 보면서 '워매, 아름다운그!' 감탄할 수 있는 '자격이 있는 시인'은, 역시 농부뿐이리라. 또한 술안주나 반찬 걱정으로 하는 농부의 낚시나 투망질은 돈 내고 하는 실내낚시터의 낚시질과는 그 격이 다른 것이다.
　그날도 몇 가지 잡지에 보낼 글이 있었는데, 숨이 막히고 답답한 것이 도통 좋은 글이 찾아올 것 같지 않았다. 마침 대봉 형의 전화를 받았다. 당장 송학리 앞바다로 낚시를 하러 가자는 것이었다. 바다구경이나 하면 생각이 영글 것 같아 따라나섰다. 대봉 씨는 낚싯줄을 던져놓고 시종 흥얼거리더니 난데없이 나보고 당겨 앉으라 그랬다.
　"동상이 좋아하는 것이라믄 나도 다 좋아혀불고 맴이 들어가꼬 말여, 쪼깨 흉내를 내볼라고 거 네 신가 다섯 신가 라디오에서 하는 클라식 시간 있잖응가? 그것을 한번 들어보았거당? 그란디 워찌게나 잠이 쏟아져불든지 거 혼나부렀네. 그래가꼬 〈직녀에게〉는 으짤까 해서 전번날 김원중이 테이푸를 사설랑은 자꼬 들음시롱 익혔드니만 말이시, 인자는 이상 잘 부른당게? 가사 한번 되게 슬퍼 불드라고이. 꼭 내 맴만 같고 말이시. 말이 나왔응게 한번 들어나 보실랑가?"

그러더니만 〈직녀에게〉를 냅다 뽑으시는 것이었다.

나는 입을 쩍 벌리고 대봉 씨를 바라봤다. 노래꼬리가 비틀어지는 뽕짝풍이라서 다소 아쉬웠으나(?) 내 평생 그렇게 굉장한 〈직녀에게〉는 처음 들어보았다. 대봉 씨가 눈을 살짝이 감고서 부른 '직녀에게'는 나도 모르게 뜨건 눈물이 괴어올 정도로 무시무시한 것이었다. 이별의 가슴 뜯는 아픔을, 그리고 재회에 대한 뜨거운 열망을 몸까지 뒤틀어가며 노래에 실어 날리는 대봉 씨.

저승으로 먼저 간 아내를 그리워하며 부르는 대봉 씨의 〈직녀에게〉는 분명 예사로운 노래가 아니었던 것이다. 나는 노래를 다 듣고서 눈물을 냉큼 닦았다. 거짓말을 조금 보태자면 소매를 가득 적신 눈물을 꽉꽉 짰다고 해야 맞다.

마지막 인디언

〈늑대와 춤을〉이라는 영화를 보기 전에, 영화 제목이 사람 이름이라는 걸 알았던 사람은 몇 명이나 되었을까.

영화를 보는 내내 이름 하나를 지어도 저렇게 놀라운 창의력과 감수성으로 짓는 인디언들을 대량학살한 백인들은 골백번 참회를 해도 부족할 것이란 생각뿐이었다. 백인들의 이름이랬자 신약성서에 등장하는 이름을 벗어날 길 없으니(존이니 폴이니 피터니 마리아니 하는) 더욱 그런 괘씸한 마음이 들었다.

우리는 오랜 한자문화권 속에서도 우리글말을 지켜온 겨레다.

그러나 일제강점기 시절을 거치면서 우리글말은 단절과 상실이라는 혹독한 아픔을 겪어야 했다.

뿐만 아니라 오늘날 세계를 압도하는 미국의 영향력과 인터넷 신문명에 부닥치면서 빠른 속도로 영어가 세계 글말의 다양성을 위협하고 있다.

  그래서 나는 우리글말을 소중히 여기며 살려 쓰고, 고운 낱말을 새로 만들어 모든 겨레가 쓸 수 있도록 하는 일이 내 일할 몫이라 믿고, 나름대로 이런저런 노력을 기울이게 되었다. 어둠을 쫓으려면 촛불을 켜면 되고 도깨비를 만나면 등불을 밝히라질 않던가.

  남녘교회를 시작하게 되면서부터 나는 우리글말로 예배 순서를 짜고 우리글말로 달이름을 짓고, 또한 세례명이 없는 개신교임에도 우리글말로 세례명을 지어드렸다.

  나는 교회에서 목사님이라 안 불리고 '어깨춤' 또는 '떠돌이별!'이라고 불리고 있다. 이 겨레강산에서 신명나게 한 판 춤추며 살다 가고픈 바람이 담겨 있는 인디언식 이름이렷다. 이젠 아이들도 나를 "어깨춤" 하면서 친구 대하듯 다정히 부른다. 여행이라도 다녀오면 선물 내놓으라며 꼬맹이들이 "떠돌이별! 내놔요 선물······." 하고 귀찮게 소리친다.

  남녘교회는 보성댁, 장흥댁, 해남댁······ 이보다 더 좋은 세례명이 없겠기에 목회자 외에는 따로 세례명을 지어드리지는 않았다.

  우리글말로 이름짓기나 새로운 낱말을 만드는 일은 이뿐이 아니었다. 읽새 가운데 아이를 낳으면 이름을 부탁해 왔고, 내가 지어준 이름으로 아이들이 곳곳에서 자라고 있으니 이보다 더 기쁘고 흐뭇한 일이 어디에 있겠는가.

몇해 전 녹색연합《작은 것이 아름답다》라는 잡지에서 내가 지어준 이름들을 쓰겠다고 부탁을 해왔다. 알고 있던 달이름과 날이름을 소개해주고 독자는 읽새, 기자는 글메김꾼, 등록번호는 나라서 내어준 이름띠, 통권은 다모아, 디자인은 볼꼴짜기, 전화는 소리통, 팩스는 글통, 이메일은 누리통이라며 새로운 낱말을 지어준 일이 있었다. 이후로 많은 분들이 그렇게들 쓰거나, 순우리말을 밝혀 쓰는 걸 보니 내심 반가웠다.

그밖에 나는 틈나는 대로 산과 들에 쪼그려 앉아 북미 인디언처럼 긴 문장의 달 이름을 지어왔고 이를 짧은 낱말로도 옮겨보았다. 해마다 내 손으로 달력을 만드는데, 이미 소개된 바 있는 우리말 달 이름도 몇 개 가져다가 쓰면서 새 달력을 해마다 펴냈다. 처음 달력엔 이런 달이름을 붙였다.

1월은 해오름달, 2월은 시샘달, 3월은 물오름달, 4월은 잎새달, 5월은 푸른달, 6월은 누리달, 7월은 견우직녀달, 8월은 타오름달, 9월은 열매달, 10월은 하늘연달, 11월은 미틈달, 12월은 매듭달……

그러다가 다음해엔 새로운 한해, 새로운 걸음, 새로운 아침, 새로운 사람이 되라고 '새로움달', 2월은 움츠렸던 겨울을 털고 일어나 기지개 한번 쭈욱 펴라고 '기지개달', 3월은 우리네 사랑이

꽃내음처럼 멀리멀리 퍼져나가라고 '꽃내음달'이라 했다.

4월은 우리 사는 땅별 살터(대자연)에 한 그루의 나무라도 심어 고마움 갚으라고 '살터달', 5월은 어린잎들이 푸르게 말긋거리듯 새날누리 꿈도 쑥쑥 자라라고 '푸른달', 6월은 이웃과 일을 나누는 기쁨, 삶을 나누는 정겨움이 있는 '두레달', 7월은 한 해의 마루에 우뚝 서서 돌아보고 내다보라고 '마루달'이라 했다.

그리고 8월은 불볕에 달궈진 일꾼의 구릿빛 살결처럼 아름다운 게 또 있을까 싶어 '불볕달', 9월은 가지마다 주렁주렁 매달린 열매와 나락을 거둘 때이니 '거둠달', 10월은 뿌리가 하나인 우리 겨레, 나라도 어서 하나였으면 바라며 '한뿌리달', 11월은 갈잎 지는 아쉬움, 그러나 첫눈 내리는 반가움이 있기에 '첫눈달', 끝으로 12월은 한해를 잘 맺고 뒷마무리를 잘 하라는 뜻으로 '맺음달'이라 붙였다.

올해는 이렇게도 지어 보았지. 1월은 염소뿔달, 2월은 눈지붕달, 3월은 냇물소리달, 4월은 보리수나무달, 5월은 엄마젖달, 6월은 소금쟁이달, 7월은 개밥별달, 8월은 각시붕어달, 9월은 새털구름달, 10월은 달그림자달, 11월은 갈대밭달, 12월은 진눈깨비달…….

그래 어떤가. 괜찮은가? 이 정도쯤은 그대도 충분히 지을 수 있다. 무슨 대단한 능력이 필요한 것이 아니니 그대도 꼭 한번 달

이름을 지어보시기 바란다.

왜 다들 1월, 2월, 3월 하는 무미건조한, 숫자로 된 달 이름만을 고집하는가. 그런 작은 것부터 습관이 달라붙으면 결국 개성 없는 인간, 창의력 없는 겨레가 되고 만다. 기발한 발상들로 번뜩이는, 창조적인 생각들로 통통 튀는, 그렇게 다양해서 의미 있는 인생을 꽃 피워 내는 그대를, 나는 만나고 싶다.

나는 달 이름을 짓는 우리 겨레 마지막 인디언이고 싶지 않다.

우리 주변에 많은 밝달뫼 배달겨레 인디언들이 나타나서 우리 글말을 아끼고 사랑하고, 잘 쓸 줄 알았으면 좋겠다.

그런 고운님들이 도처에 계시다는 것을 물론 잘 알고 있다. 장산곶매 백기완 할아버지를 비롯하여 몇몇 분들로는 절대 부족하다. 이 글을 읽는 그대도 한몫을 거들어야 하지 않겠는가.

항간에 영어를 모국어로 쓰자는 철딱서니 없는 목소리도 들린다. 구약성서를 볼짝시면, 옛사람들의 전설에 바벨탑을 쌓을 때 인류는 하나의 글말을 쓰고 있었단다. 하느님은 인류의 글말을 여러 개로 흩으셔서 바벨탑 쌓기를 멈추게 하셨다는 이야기는 누구나 아실 게다.

이 이야기는 무슨 뜻을 전하고자 함일까? 하나였던 글말이 여러 갈래로 나뉘었다는 전설은 신의 저주가 아니라 신의 은총이라는 이야길 하고자 함이리라. 신이 하시는 모든 일은 축복이다. 사랑이다. 인간을 널리 이롭게 하심이다.

과거 교회는 라틴어로만 성서언어와 예전을 통일하고 여러 겨레의 글말을 묵살하였다. 교회는 단일하고 견고한 명령체계를 이용하여 말로 다 할 수 없는 못된 짓을 저질렀다.

종교개혁은 소수의 깨인 교회의 성직자들이 저마다 자기 겨레 글말로 성서를 되옮겨서 씨알 백성들에게 성서를 되돌려준 과정에서 불붙은 해방운동이었다. 글말의 다양성은 서로 다른 생각을 갖게 만들었고, 이로써 세계교회는 단일 언어, 단일 사고, 단일 교권 추구라는 욕심에서 놓여나 비로소 숨통을 틀 수 있었던 것이다.

세계화, 국제화는 필요한 일이지겠만, 그것은 다양성의 인정, 겨레마다 간직한 전통과 문화, 토착민이 쓰는 글말(사투리까지)의 활발한 보전운동과 사용에 바탕을 둘 때에야 비로소 펼쳐질 참누리다.

띠리리리리

"마주막날에는 세탁기하고 냉장고까지 준다 카드랑게?"

"돈도 쎄―부렀능갑네."

"그 한한 사람덜이 허다 못해 포리약(파리약)이라도 들고 나오드라고."

"서커스는 또 월매나 잘 허는지 몰라. 앞자리로 몰려드는 사람들 땜시 닝끄러질(으깨질) 지경이랴, 글씨."

"늘겡이들(늙은이들)이 그런 달 구갱 댕깅게로 느자구 없는 사기꾼덜이 촌구석 늘겡이들 돈 뽈아묵을라고 그라고 설치는 거시여. 뭘라 그런 달 가냔 말이여. 이깝(미끼)에 눈들이 멀어가꼬."

"사기꾼은 아닌갑든디. 거시기 텔레비 광고도 여러 번 했다커고 묵고 나슨 사람들도 겁나 많다드라고. 나와서 간증도 하고 그라등마."

"그거를 광고라 하재 무신 놈의 간증은 간증이여. 거가 무신 교회간디 간증이여? 씨알머리 없는 소리덜 작작 말고 고런데 쫓아 댕기지덜 앞으론 말라고. 찌웃찌웃 약발 좋다고 선전하는 것들도 다 한패거링게."

"비민히 알아서덜 맹글어 팔겄어? 그라고 의심을 하다불믄 묵을 약이 시상천지 어딨간다……."

금일댁이 반기를 들고나서자 애통이 터진 봉황댁은 목소리를 한껏 높였다.

"그라콤 말을 혔으믄 알아 묵어야지 환장혀불겄네―거. 보도시 약 맛이나 나는가 몰라도 그거 묵고 쌩고상 허기 싫으믄 입도 대지 말라고, 고 따우가 약은 무신 약."

"딴 데서는 그런 말하지 말어잉. 그것들한티 헤부림 당하믄 으짤라고 그라?"

"우리 아덜이 대한민국 경찰인디 나가 대명천지 뭐가 무섭다고 말조심을 한당가."

이 말씀에 이르러 나는 푸시식 터져 나오는 웃음을 참을 길 없었다. 드디어 교통경찰인 막내아들까지 들먹거리며 봉황댁 할머니가 이판사판 태세를 갖추신 것이다. 언제부터 교통순경이 떠돌이 약장수 잡는 일까지 나서시더란 말인가?

부활절 공동식사를 나누는 자리에 앉아 들어보니 어르신들 이야기하는 게 하도 재미져서 당겨 앉아 끼어들었다.

"약장수 천막은 어디다 쳤다등가요?"

"읍 들어 댕기는 장전 어디마께 있다고 하든디, 저그 영포댁헌티 물어보믄 쓰겄소야. 영포댁은 애들 핵교 댕기드시 날마다 댕긴다든디, 자슥들 헌티 뭔 욕을 묵을라고 글씨 삼십만 웬이나 되는 약을 사부렀닥 안 허요? 워따따따 쯧쯧쯧"

계속 이 나라 교통경찰의 어머니인 봉황댁 할머니는 떠돌이 약장수의 상술에 넘어간 동네 사람들을 깨우려고 호루라기를 불어 대고 계셨다. 그러고 보니 며칠 전 영포댁 할머니는 목사관에 화장지며 바가지를 쓰시라 들고 오셨다. 생각하고 사 오신 줄 알고 여쭙지도 않았는데, 이제 보니 그게 약장수에게 받은 경품이었구나.

"띠리리 리리리 나니 나니나······."

소형 버스 한 대가 육십년대풍 노래를 전자올갠 반주로 틀어 대며 마을로 들어오는 소리가 들렸다. 복날 개장수도 아니고 새벽 참 생선장수도 아니고, 장마철 헐값의 떨이를 외치고 들어온 수박장수도 아닌 약장수가 말이다. 세상이 어떤 세상인데 아직도 저런 약장수가 버젓이 돌아다니고 있으니, 달력에 있는 연도가 맞긴 맞는지 다시 한 번 달력을 쳐다보게 된다.

살림 욕심 많은 아짐들과 할매들은 오로지 경품에 눈멀어 침을 꼴깍거리며 가겠지만, 서커스를 구경할 목적으로 가는 이도

참꽃 피는 마을 | **205**

적지 않을 것이다. 텔레비전의 영향으로 시시하다 여길 수 있겠으나 곧 죽어도 라이브 공연 아닌가. 라이브!

약장수라. 어릴 적 오일장에서 보곤 했던 약장수 생각이 난다. 쥐약, 이약, 파리약을 놓고 파는 리어카 장수 말고, 만병통치약 따위의 요상한 약을 파는 약장수 말이다. 장터 구석, 사람들이 우르르 몰려 있는 곳은 흥미진진한 사건이 벌어진 곳이다. 싸움이 일어나지 않았으면 백이면 백 약장수가 거기 고래고래 소리를 지르고 있었다.

"애들은 가. 이 약 먹고 전봇대에 오줌 누면 전봇대 넘어가. 밤에 마누라 살려달라 싹싹 빌어. 요강에 오줌 누지 마. 그랬단 요강 뚫어져……."

애들은 가라 해도 나 같은 말썽쟁이가 부모님 말씀도 안 듣는 판에 약장수 말이 뭐시라고 듣겠는가.

약장수가 파는 약은 반드시 남성들의 거시기와 관련있는 것이었다. 저마다 자기 아랫도리 쪽을 내려다보며 주눅 든 얼굴을 하고 섰던 아저씨며 할아버지들, 그들이 거기 호주머니를 만지작거리면서 살까 말까 주저하고 있었다.

논두렁에서 꼿꼿이 선 채 나를 쫓아오던 꽃뱀보다 더 고약하게 생긴 구렁이가 약장수의 손에서 혀를 날름거리며 나를 훑어보면 나는 눈을 찔끔 감아 버렸다. 가끔은 약장수 쇼에 원숭이가 등장하기도 했다. 늙고 병든 원숭이의 흐느적거리는 묘기는 즐거움보다는 애처로운 생각을 더 들게 했다. 손님이 끌지 않을 때 비상수단으로 선보이는 약장수의 접시돌리기, 신발 돌리기, 책 돌리기 따위는 집에서도 흉내 낼만했다. 어머니가 아끼시던 사기그릇을 그 짓을 하다 깨먹고 놋그릇으로 머리를 한 대 터지고 나서는 서너 시간 가출한 일도 있었다.

간혹 스케일이 큰 약장수는 서커스단을 이끌고 장터에 들어왔다. 학교를 파하면 가방이고 뭐고 토방에 던져두고 서커스 구경을 갔다. 곡예단 소녀가 그네를 굴려 공중에서 한바퀴 획 돌아 건너편 그네에 탄 사내의 손을 잡으면 졸였던 가슴이 풀림과 동시에 힘찬 박수가 터져 나왔다. 뒤뚱거리며 등장한 삐에로 아저씨의 우스꽝스러운 행동 하나하나는 코미디언 배삼룡 아저씨를 코앞에서 보는 듯 즐거웠다.

〈시네마 천국〉에 나오는, 영화를 사랑한 어린 소년 토토처럼, 나는 그렇게 시장바닥 약장수 서커스가 좋았고, 누구보다 서커스를 사랑했다.

지금도 명절 특집방송 지상 최대의 쇼니 뭐니 하는 서커스 구경이 있으면 신문 TV시간표에 동그라미까지 쳐놓고 시청하고는 한다. 하도 화려하고 요란법석이라 어려서 본 그 서커스만은 못하지만, 그런 대로 향수를 불러일으키기엔 부족함이 없다.

다시 들려오는 소리

"띠리리 리리리 나니 나니나……."

약장수 소형버스가 마을 노인네들을 가득 태워 올라가는 길인가 보다. 밤낮 없이 넙덕지 붙이고 보는 일일연속극도 신물 나고, 술 먹고 떠드는 영감 잔소리도 지겨운 할머니들이 거기 버스에 올라 타 계시리라.

약장수 천막을 향해 가는 버스에는 오늘도 바리바리 경품을 받아들고 올 일에 설레어 있을 영포댁 할머니도 타셨을 게다. 봉황댁 할머니는 약장수 차를 보며, 그 차에 오르는 동네 분들을 향해 이 밤도 혀를 차고 계실 것이다. 그렇든 말든 이 저녁 띠리리 리리리 전자올갠 소리 한번 구성지다.

소읍을 돌며 연명하는 약장수와 그의 수하들은 동네마다 버스를 대고 오늘은 얼마만큼 모여들지 초조히 기다리고 있으리라. 먹고 죽지만 않음사 약이 안 될 것이 어디 있겠느냐고, 오로지 국민 보건 증진에 이바지한다는 일념 하나로(?) 이날 평생 살아온 떠돌이 약장수의 노고는 오늘도 계속될 것이다. 또한 아니 먹고는 살아도 손님들 박수소리는 들어야 사는 서커스 단원들이 실수 없는 묘기를 선보이려고 준비운동을 착실히 하고 있으리라.

오늘밤은 별일도 없고 약장수 천막이나 한번 놀러가 봐? 모자 눌러 쓰고 입마개까지 하고 나면 나를 알아볼 사람이 어디 있겠어?

띠리리 리리리 나니 나니나.

이 저녁에 나도 약장수 서커스 구경이나 가볼란다. 그런데, 만에 하나 세탁기나 냉장고에 내가 당첨된다면 그 일을 어쩌지? 앞에 나가 입마개를 열고 어디 사는 누구라 하면 우리 동네 사람들은 '웜모메!' 하면서 기절초풍하고 말 건데.

벌판을 걸어보라

 동네 사람들은 나락 매상을 모두 마치고 일샀을 쥐고서야 한숨 돌릴 노동이지만, 우리 집 두 마지기 나락농사는 방앗간이 종국인지라 나락을 다 말린 날로부터 빈둥빈둥 노는 신세다.

 아침 식사로 미숫가루 한 그릇 진하게 타서 마시고 토방에 걸터앉았더니 강아지들이 발가락을 깨물고 난리다. 저리 가라 암만 그래도 좋은 걸 어떡하냐며 부벼오는데 당해낼 재간이 없다.

 아침볕이 아까우셨나 늙으신 어머니는 밥상을 물리기가 무섭게 장롱 깊숙이 개켜 있던 겨울옷을 죄다 꺼내어 빠셨다. 빨랫줄에 가득 널린 솜 누빈 겨울옷을 보면서 새삼 추위가 가까이 찾아 왔음을 실감한다.

 저것들 입고 올 겨울 매운 눈보라를 잘 견뎌내야 할 텐데, 거개가 낡고 부실한 옷들인지라 걱정이 돋기도 한다. 하지만 새 옷을 살 필요야 있겠는가. 추우면 뭐 한 벌 더 껴입으면 되는데.

  토방에서 해바라기를 하고 앉았는데 회벽에 걸린 달력이 바람에 팔락거린다. 다 뜯기고 한 장뿐인 달력, 올해의 마지막 달력 한 장이 바람에 춤을 추고 있다. 달력은 그렇게 달마다 한 장씩 자기를 버려가며 마침내 가벼운 '한 장짜리 몸'으로 일생을 갈무리함이 아닐는지. 그런데 인간들이란 노욕에 사로잡혀 최후의 순간까지 거머쥐고 움켜쥐려고만 든다. 달력만도 못한 인간들이 얼마나 많은가. 부끄러운 노릇이다.

  이왕 눈길을 준 김에 달력을 더욱 빤히 쳐다보았다. 연초 무거운 달력을 붙잡고 끙끙거리던 쇠못도 이제는 메고 있기가 수월한 표정이다. 뎅그러니 한 장뿐으로 편히 매달린 달력도 허허로워 보인다. 내 인생도 저렇게 세월이 흐를수록 홀가분해졌으면, 가벼워졌으면 오죽 좋을까 싶어라.

  그러나 나를 붙잡고 놓아주지 않는 팽팽한 삶의 끈들은 결코 만만한 상대가 아님을 또한 잘 알고 있다. 영혼의 무게를 가중시키는 오만 가지 욕망들, 또한 나의 습관이 쉬이 놓지 못할 삶의 편리를 도모하는 각종 기구들, 전기와 석유를 동력으로 쓰는 현대문명의 모든 이기들이 야성적이고 자유로운 본연의 나를 포승줄마냥 꽁꽁 옭아매고 있다.

  '날'마다 '달'마다 작아지고 가벼워지고만 싶은데, 많이 갖고 많이 누리고 주저앉고 머무르고만 싶어 하는, 안락과 편안을 눈

독 들이는 또 다른 나 자신에게 번번이 마음자리를 강점당하곤 한다.

 하지만 다행한 일은, 때마다 '참나'가 깨어나서 대응과 반격을 하고 있다는 사실이다. 나는 이 부박하고 춥춥한 세상에서 비껴나 맑은 혼빛으로 살아갈 수 있는 비법이라면 비법, 처방전이라면 처방전을 하나 갖고 있다.

 무슨 대단한 것은 아니고, 아주 먼 길을 가쁜 숨 몰아쉬며 걸어서 다녀오는 일, 바로 '걷기'이다. 그렇게 하염없이 걷다 보면 옳고 그름에 대해 헷갈리던 사고능력이 회복되고 가난한 삶, 유랑의 삶을 찬미하는 〈순례의 노래〉가 가슴 가득 차오른다.

 그런 목적이 굳이 아니더라도, 오늘 날씨는 소풍 가기에 더없이 좋은 날씨렷다. 바람을 벗하여 멀리멀리 걷고만 싶어진다. 우리 초등학교 다닐 적에 참으로 먼 거리를 걸어서 소풍을 가곤 했지 않았는가.

 나는 이렇게 나이가 먹어 아저씨가 되고서도 소풍 전날 밤 잠 못 들던 그 설렘, 친구들과 동요를 합창하며 멀리 걸어가던 소풍날의 정경, 온 동네 학부형들의 달뜬 잔칫날을 잊지 못한다. 이제는 옛 친구들 모두 없고 비록 나 혼자 시골을 지키고 있지만, 혼자서 떠나는 소풍이지만, 먼 길을 설렘으로 걷는 그 기분이란 초등학교 때와 별반 다를 바가 없다.

오늘 '걷기 행사'는 거리를 늘려 방향을 바다로 잡았다. 해찰을 부려가면서 한 시간 정도 쉬엄쉬엄 걷다 보면 구강포 앞바다에 닿을 수 있다. 승용차로는 금방인 거리여도 걷지 않으면 놓치고 말 아름다운 풍광으로 가득한 길인지라, 나는 일부러라도 시간을 내어 걷거나 자전거를 타거나 해서 다녀오곤 한다.

가는 길에 억새를 만나면 내 어지러운 마음자리를 쓸어내는 빗자루로 삼아 한 무더기 가슴에 안아보기도 하고, 돌담을 넘어 길가로 가지쳐 나온 붉은 홍시를 따먹고는 그 맛에 황홀해져서 맨 꼭대기 까치밥까지 훔쳐 먹는 일도 있다(까치야, 미안).

바다가 가까워 오면 뻘물 튀기는 소리며 갯벌 속에 살고 있는 참게 식구들의 곰지락거리는 소리도 들리는 듯하다. 녀석들 도골도골한 눈망울이 떠올라 웃음을 머금고 달려가 보면 아닌 게 아니라 땡글한 눈을 궁글리며 뻘 속으로 황급히 내빼는 참게들을, 그 무수한 고대의 혈육들을 반가이 상면할 수 있다.

거리가 더 멀어지기는 하지만 신작로보다 들길을 걸어가는 것도 재미지다. 뼈신 허리를 자주 켜며 "오메 죽겠네"를 연발하시는 송학리 아재를 만날 수도 있고, 남편 죽고 혼자서 아이들 키우는 마흔의 며느리에게 쌀가마니라도 보내야 안 쓰겠냐며 연방 담배를 뻐끔거리시는 용동 양반도 만날는지 모른다.

칠순이 가까운 연세에도 나를 보면 고개를 한없이 수그리시고 몸 둘 바를 모르게 하시는 우리 최 집사님도 그 들녘에 계실 것이다. 요새 손주를 보았다고 동네방네 자랑하고 다니기에 바쁜 아랫골 윤씨 아재를 만나면 귀가 따갑게 들은 그놈의 손주 자랑을 또 다시 들어줘야 할 게다. 허기사 얼마나 오지고 오지면 그러실까. 하루 종일 들어주면 또 어떠리요.

농수로 다리 위에 자리를 깔고 앉은 우리 동네 농부들에게 강제 연행되어 "요고 쪼깐 들이키고 가시랑게요?" 막걸리 한 잔 그득히 받아들게 될지도 모른다.

그렇게 어울려 놀다가 같이 일짐을 나눠지고 돌아오는 길은 유행가 한 자락 풀어내도 흥을 다 채울 수 없을 것이다. 함께 미루나무 늘어선 들길을 걸어오며 노을 진 서녘 하늘과 마을의 저녁연기에 그만 나도 모르게 코끝이 물큰해질지도 모른다.

나는 이런 저런 생각에 겨워하며 바다를 향해 계속 걸었다. 일찍이 인류의 스승들은 유랑과 방랑으로 깨달음을 얻었다질 않던가. 그분들은 들쳐 멘 짐 보따리가 가벼웠기에 멀리 오래 걸을 수 있었으리라. 짐을 많이 들쳐 멨다가는 결코 깨달음의 언덕에 닿을 수 없을 테니까 말이다.

버리지 못하고 꾸역꾸역 싼 짐은 구도여행에 방해만 될 뿐이다. 그러기에 예수는 가짐이 축복이 아니라 버림이 축복이라고 줄곧 말씀하시지 않으셨던가. 여행할 때는 아무 것도 지니지 말라 않으셨던가. 만나는 이들마다 들쳐 멘 무거운 짐들을 버리고 가난해지라고, 그래야 하느님 나라까지 걸어갈 수 있다고 말씀

하셨다. "네 가진 것을 가난한 이웃들과 나누라! 짐이 가벼워야 멀리 걸어갈 수 있다."

걷는다는 것, 걸어간다는 것은 또한 집착을 버리는 무소구행無所求行이라 할 것이다. 온갖 번민은 집착에서 생겨나며 진정한 자유는 그 집착의 실체를 꿰뚫어보고 집착에서 놓여나려는 노력 여하에 달려 있다.

머물기를 즐겨하는 사람은 아무래도 거기서 집착을 얻어 '있지 말아야 할 곳'에 붙잡혀 살게 되고, 가지기를 즐겨하는 사람은 그 가진 것으로 마침내 전에 가졌던 것들까지 모조리 잃고 말 것이다.

인간은 집착하고 욕심 하는 것들로부터 떠남으로써, 그 탈주의 첫걸음으로부터 비로소 참 생명, 참 자유와 상관이 있는 존재로 거듭날 수 있다.

예수도 부처도 공자도 모두 여행자들이요, 걷는 사람들이었다. 걸어야 깨달음의 깊이가 생기고, 걸어야 진리에 보다 가까이 다가설 수 있으이렷다.

걷노라면 내디딘 먼젓발을 반드시 버려야 한다. 한 발을 내딛고 그 발을 버리고 다시 다른 쪽 발을 내디뎌야만 앞으로 나아갈 수 있다. 자꾸 뒤로 나를 버려야만 앞으로 걸어갈 수 있다. 이 버림을 마다하면 한 치도 앞으로 나아갈 수 없다. 숨을 들이마시기만 하고 내쉬지 않는다면 곧바로 죽고 말겠지. 걷는다는 것도 꼭 그와 같은 이치다.

  인간이 진정 성화되기 위해서는 '걸어야' 한다. 걷고 나서야 산이며 들이며 꽃이며 새며 바람이며 강물이며 뭇 생명들과 의사소통이 가능해진다. 또한 걸어야 엠마오 언덕의 제자들처럼 새 생명(부활하신 예수)의 걷는 속도에 근접하게 되어 비로소 영생불멸의 예수를 만나 뵐 수 있는 것이다.

  이 땅별에 하느님의 자녀로 태어나 거룩한 어머니인 땅을 딛고 걷는, 이 은총에 대하여 그대는 시방 감사하고 계신가? 그리고 이 고마운 땅별의 지속가능을 위해 내가 할 수 있는 아주 작은 노력, 보은의 길을 한번 생각해 보셨는가?

  나는 보시행을 '걷기'로 삼고 그대도 따라서 걸어주기를 당부드리고 싶다. 제자들을 이끌고 밀밭을 거닐고 산길을 오르고 신작로를 걸으셨던 예수를 뒤따라 함께 부지런히 걸어가자. 생각과 뜻으로만 걷는 것이 아니라, 실제로 몸으로까지 걸어야 한다. 마침내 골고다 해골 언덕까지라도 걸어갈 수 있어야겠다.

  모든 인류가 오늘 자기도착, 자기집착에서 내려, 온갖 기득권에서 내려, 자기 종교만의 우월을 자랑하지 않고, 고집스런 학문에서 내려, 자기 사업장의 이익에서 내려, 성격조차 변해 버리는 차량의 운전석에서 내려, 최첨단의 비행체에서 내려 이 땅에 발자국을 남기고 걷기를 시작한다면 세상은 엄청나게 바뀔 것이다.

  모든 인류가 이 순간 벌판과 숲과 눈밭을 걷기 시작한다면, 순례의 길에 들어선다면, 하다못해 작은 산책이라도 시작하게 된다면 인류의 영적 진화는 순식간일 것이다. 그래야 비로소 지구별은 지속 가능한 미래로 흘러갈 수 있으리라.

걷자, 발로써 걷자, 말이나 마음으로 걷지 말고
온몸으로 진실하게 걷자
벌판으로 나가보자 볼따구에 바람을 쏘여주자
비포장길 자벌레 한 마리 접고 펼 거리
호젓한 자드락길 두꺼비가 먼저 걸어간 고샅길
걷자, 걸어가 보자, 걷지 않고서는
그 땅에 누구도 가 닿을 수 없으리니

거시기 머시기

마실을 가보면 주민들이 불교, 기독교에다가 희한하게도 힌두교까지 믿는다. 말끝마다 시바, 시바…… 시바 신을 어찌나 깍듯이 모시는지 모른다. 그중에 어느 누구가 '느그미 시바'라도 해 버리면 모두 나가자빠져 버린다. 교회 댕기시는 집사님들 사이에도 열 만땅으로 받을 때 시바 신의 이름이 결국 등장하고 만다. 처음엔 '아이고 아부지' 하다가도 끝판에는 '시바 어쩌고 저쩌고'이다.

말이 끊길 때쯤에 무조건 시바를 연결 단어로 사용하는 을덕 씨 같은 분들은 시바 신의 열성 신자일 것이다. 허기사 차도로 안 다니고 인도로 다니는 분들이니 모두 인도인들이 맞기는 해.

게다가 이 나라 저 나라 국가별 언어까지 다양하게 사용하신다. 그래부러 요래부러 저래부러로 마감 짓는 프랑스어 불어(~부러)가 제2외국어다. 불어 말고도 독일어가 사용되는 경우도 있는데 그랬당케 저랬당케, 당케가 그렇다. 당케가 들어가는 말은 소문을 퍼트릴 때 사용하는데, 당케의 확신에 찬 어조는 '완전 종결'에 다름 아니렷다. 또 맞장구를 쳐줄 때는 '그라재' 하면 된다. 그라재 하면 무조건 동지가 되는 것이다. 그라재로 엮어진 동지는 피를 나눈 혈맹에 가깝다. '머시 그란당가' 해버리면 그 시로 바로 전쟁이다.

애교를 부릴 때는 말끝마다 '잉'을 사용하면 좋다. 그래잉 맞아잉…… 무조건 한통속이 될 수 있다. '아니재잉'해도 이건 완곡한 표현이라 편안한 분위기에서 이의를 제기할 수 있다.

그러나 남녘 말에서 가장 중요한 것은 뭐니 뭐니 해도 역시 거시기 머시기다. 도대체 거시기와 머기기는 무엇이란 말인가. '감'이 아니면 도무지 알아먹기 어려운 말이다. 알아듣기가 아니라 이건 정말 알아먹기다. 귀로는 알 수 없는 소리가 분명하다.

"거시기가 뭐래요?"

"거시기가 머시기재 뭐라여."

"엥?"

얘기하는 도중에 갑자기 생각나지 않으면 무조건 거시기 머시기 둘러대면 된다. 나도 설교 중간에 갑자기 다음 말이 생각나지 않으면 대뜸 거시기 머시기 얼렁뚱땅 둘러대 버린다. 그러면 교인들이 대충 감으로 알아차리고 '때려 맞춰서' 이해하시는 거 같다. 설교 끝나고 "아까침에 거시기 하시던 부분 말입니다잉. 그게 도대체 뭔 거시기랍니까요?" 따져 물으시는 거시기한 분은 절대로 없다. 학식이 많고 분별심이 강한 교인들을 상대로 설교하며 살지 않아서 편하고 좋다. 호호.

마을 어르신들과 날씨를 화제로 인사를 나눌 때도 답이 거시기 하시다.

"어르신 나오셨습니까. 금방 비가 올 거 같구만요"
"그라요. 날이 거시기 하요야"
"건강 살피시고요. 그럼 전 가보겠습니다."
"예, 목사님. 오늘도 거시기 하시쇼잉"

거시기로 시작하여 거시기로 끝나는 이런 대화로 가득하다. 이 동네에서 말하고 살기 참 거시기 머시기하다. 들을 귀 있는 자는 들어라~렷다.

그러나 더더욱 깊이 알게 되었다. 사랑하면 어떤 말이라도 쏙쏙 들린다는 것. 사랑할 때 비로소 말이 통한다는 것.

남녘교회

　버려진 듯 허물어진 시골 교회가 있었다. 강진 다산초당 옆마을. 과거부터 현재까지 맨 앞줄에 쳐줄만큼 널리 알려진 유배지. 아무도 선뜻 찾아나서기 어려운 먼 길, 여행조차 두려운 땅끝 마을. 그곳은 내 탯줄을 묻은 고향이기도 했다. 게다가 아버지 목사님이 목회를 은퇴하신 뒤 거기 머물고 계셨다. 고령에 몸이 불편하신 아버지를 모실 아들은 나 혼자 뿐이었다. 서울에서 머물던 젊은 날, 나는 세상을 바꾸려는 노력으로 몸을 던지며 살았었다. 그러다가 건강을 잃고 지쳐했으며 마음도 어디 둘 곳 없어 외롭게 휘청거리던 나날이었다. 볼리비아에서 체 게바라가 그랬던 것처럼 도심의 게릴라로 만족할 게 아니라 산골에서, 변방에서 자유롭게 춤추며 살고 싶었다. 그런 마음이 가슴속에 가득 찬 어느 날 밤, 갑자기 내 손은 마음보다 빨리 이삿짐을 싸기부터 시작했다. 땅

끝 마을까지 내려갈 차편을 마련해 이삿짐을 싣기 시작한 순간은 아득하고 두려웠으며 한편 상쾌한 심정이 들었다.

도착하자마자 엄청난 양의 책들과 몸을 누일만한 숙소가 필요해 가축 창고를 방으로 개조하기 시작했다. 마치 예수가 태어난 베들레헴 마굿간 풍경이었다. 동네 할머니들은 몇 달 못있다가 도망칠 것이 뻔한, 예쁘장한(?) 청년을 그저 물끄러미 지켜보기만 하셨다. 매일매일 똑같은 일상의 반복, 시골살이는 너무나 심심했다. 첨엔 놀만한 동무도 없고 사람 목소리도 그리워서 라디오만 줄창 들었다.

일요일엔 할머니들이 예배당을 찾았다. 걸핏하면 할머니들은 예배 중간에 조퇴를 했다. 소낙비가 온다고 조퇴, 빨랑 고추 쓸어 담아야 한다고 조퇴, 오일장에 가야 한다며 버스 시간 됐다고 조퇴……. 어떤 할머니는 집에서 지갑을 안 가지고 오셨다면서 목사인 나에게 헌금 시간에 낼 연보 돈까지 꿔갔다. 물론 돈도 갚지 않고 인생 조퇴하시어 나는 기필코 천국에 가봐야 한다. 내게 돈을 꿔간 할머니를 어떻게든 찾아내서 이자까지 받아내야 할 돈이 솔찬하다.

할머니들은 때로 너무 귀여웠다. 새벽예배 마치고 집에 돌아가는 길, 남의 담장에 매달린 호박을 몰래 따가지를 않나. 수박밭이나 오이밭에 몰래 들어가기도 했다. 들킬까봐 엄청 빠른 속도로 내빼시는 줄행랑 모습은 기가 막혔다. 병원에 갈 일이 생기면 군내버스가 있음에도 기어이 날더러 데려가 달라면서 떼를 썼다. 나이가 들면 어린 아이가 된다더니 날마다 징징징. 웃는 모습보다는 어디가 아프다, 쑤시다, 누가 싫고 밉다, 만날천날 투정 섞인 말들……. 한뼘이나 튀어나온 입술들……. 내 재롱으로는 좌우튼 역부족이었다. 하지만 이분들 곁에 있으면 웬일인지 마음이 편안해졌다. 내 삶이 억지스럽지 않고 자유로워졌다. 신기한 경험이었다.

교회 이름을 〈남녘교회〉라 새로 지었다. 감옥에서 방금 나오신 '쇠귀' 신영복 선생님이 글씨를 써서 보내주셨다. 그래서 예배당 입구에 조그맣게 내걸었다. 남녘땅에 있으니 남녘교회. 교인들과 새 이름을 가지고 감사예배를 드렸다. 다같이 일어나 춤을 추자 했다. 내 아호가 어깨춤이니만큼 나는 맨 앞에서 덩실덩실 춤을 췄다.

"이 세상이 창조되던 그 아침에 나는 아버지와 함께 춤을 추었다. 내가 베들레헴에 태어날 때에도 하늘의 춤을 추었다. 춤춰라! 어디서든지. 힘차게 멋있게 춤춰라. 나는 춤의 왕. 너 어디 있든지 나는 춤 속에 너 인도하련다. 높은 양반들 위해 춤을 추었을 때 그들 천하다 흉보고 비웃었지만 어부 위해서 춤을 추었을 때에는 날 따라 춤을 추었다. 안식일에도 쉬지 않고 춤췄더니 높고 거룩한 양반들 화를 내면서 나를 때리고 옷을 벗겨 매달았다. 십자가에 못 박았다. 높은 십자가에서 피를 흘리면서 춤을 계속 추기란 힘이 들지만 끝내 땅속에 깊이 묻힌 이후에도 난 아직 계속 춤춘다. 어리석게도 그들 좋아 날뛰지만 나는 생명이다. 결코 죽지 않는다. 네가 내 안에 살면 나도 네 안에서 영원히 함께 살련다. 춤춰라! 어디서든지. 힘차게 멋있게 춤춰라. 나는 춤의 왕. 너 어디 있든지 나는 춤 속에 너 인도하련다……."

'춤의 왕'이라는 이 노래는 함석헌 선생님, 문익환 목사님, 안병무 선생님, 서남동 선생님, 내 마음의 스승들이 좋아하셨던 퀘이커 교도들의 찬송이었다.

나는 예배 간판아래서 춤을 추며 이 노래를 불렀다. 남녁교회는 그렇게 춤으로 시작되었다.

어떤 날은 강아지똥 권정생 아저씨의 편지로 설교를 했다.

"점쟁이가 부적을 나누어 주듯 허수아비 하느님을 들고 다닌 선교사들은 이집트의 마술사 노릇밖에 더한 것이 뭐 있습니까. 지금 강대국이라고 일컫는 나라. 지금 가장 평화로운 척 살고 있는 나라. 지금 부자인 척, 민주주의 국가인 척, 약소 국가를 어르고 달래고 음험하게 공갈 협박하며 잰 체하는 나라 쳐 놓고 파라오의 막강한 군대가 도사리고 있지 않는 나라가 없다는 것 솔직하게 인정합시다. 거기에 무슨 하느님이 있고, 복음이 있고, 사랑과 축복과 우정이 있단 말씀입니까…… 갈릴리 들판에서 그가 자기 민족의 수난사를 공부했듯이 우리도 하느님과 함께한 우리의 민족사를 아이들에게 가르칩시다…… 얼이 빠진 인간은 제 모습이 어떤지조차 알지 못합니다…… 가난하고 어질고, 큰 것보다 작은 것을 소중히 여겼던 우리였습니다…… 우리 아이들에게, 어리석고 순하기만 하면서도 제 주인의 모습을 똑똑히 구분해서 따라갈 줄 아는 똥개는 될지라도 들쥐 같은 백성은 절대 되지 말라고 가르치자는 것입니다." (권정생 〈월간 목회〉 기고글)

그나마 참된 주인을 알아보는 똥개라면 몰라도 들쥐가 되어선 안 된다는 각오를 뜨겁게 새기면서 목회에 집중했다. 근본주의적인 성서이해에 사로잡힌 교인들과 논쟁이 생겨나기도 했다. 몇몇은 자기 생각과 다르다면서 빨갱이 목사 어쩌구 하시며 교회를 떠나기도 했다. 예수님도 싫다고 떠난 청년이 있었는데 나라고 무슨 수로 말려. 그냥 나는 내 길을 차분히 갈 뿐이었다.

예배가 너무 많아 귀하고 달지 않다는 생각에 일주일 딱 한번 예배를 드리자 했다. 삶 전체가 예배일 수 있도록 하자 했다. 동네 아이들을 위해 〈남녁학교〉를 열고 우리 겨레의 역사와 우리 가락 노래를 찬찬히 가르쳤다. 세계의 다양한 음악을 좋아하여 모았던 음반이 있어 읍내 청년들에게 월드뮤직 강좌도 열었다. 여름엔 아이들을 위한 미술학교, 또 때마다 가수 친구들을 모시고 음악회를 몇차례씩 가졌다. 성탄절엔 온동네 사람들과 영화도 한편씩 보았다. 남녁교회를 사랑하는 싯맑은 사람들이 찬찬이 늘어갔다. 교인들 보다는 교회를 지독하게 싫어했던 사람들이 남녘교회를 더 아끼고 반겼다.

마당엔 가득 꽃씨를 뿌렸고, 조그맣게 손바닥만한 농사도 지었다. 예배당은 수리하여 비로소 광택이 반질반질 났다. 교회 다니는 사람들 말고 주민들이 자기 집인양 맘대로 드나들기 시작했다. 예수쟁이 자기들만의 교회가 아니라 점차 주민들, 여행자들의 교회가 되어갔다. 순례자들이 넘치는 교회. 일요일엔 예배당이 꽉차는 일이 잦았다.

목사는 진리를 증언하는 메신저이지 사회복지사는 아니렷다. 착한 일을 하고 주민의 권익을 위해 일하는 사람은 목사 아니고도 주변에 많다. 목사에게 그만큼 설교하는 일은 중요한 사명이어서 최선을 다해 준비하고, 출타를 줄이며 설교 약속을 지켰다. 멀리 여행을 가서도 돌아오는 시간엔 성서를 꼼꼼히 살펴 설교 준비에 그야말로 목숨을 걸었다. 할매들 몇분 계신다고 소홀하게 여길 수 없는 일이었다.

그러나 할머니 교인들은 내 설교를 금방 까먹었다. 예배 땡 끝나고 곧바로 댓바람에 날아버렸다. 예전처럼, 아니 주변의 교회들처럼 열광의 도가니에 빠져 기도하고 찬송하며 '과잉 홍분'하고 싶어만 했다. 다른 교회처럼 은혜 좀 받게 부흥회도 하고 그래야지 왜 안하냐며 만날 따지셨다. 오래고 오랜 습성을 이겨내기가 쉽지 않아 보인다. 지금도 여전히 그 긴장은 지속되고 있는 중이렷다.

나는 큰소리로 기도하는 것에 질색하는 사람이다. 박수치며 찬송하는 것도 흑인영가를 부르는 흑인교회 말고는 내 취향이 아니다. 설교도 웅변조가 아니라 나직한 친구의 음성으로 이야기하는 것이 옳다고 생각한다. 평소 사랑을 얘기하면서 노예근성에 빠지게 만드는 짓에 단호했다. 도움의 손길보다 의지의 용맹함을 키우시라고 부추겼다. 외부의 지원이나 원조에 빠지지 않도록 교회 스스로 자립하자며 독려했고, 목사인 나부터 생활비를 받지 않아 교회의 부담을 전폭적으로 줄였다. 그래 지금껏 자비량으로 섬겨 오고 있는 것이다. 교회가 목사의 호구책이 되고, 밥벌이 사업이 되어선 절대로 안 될 일이다. 봉사와 희생으로 이 시절 인연을 다하면 그만인 것이다.

그렇게 한해 두해 흘러오면서 내 뜻에 찬동하는 분들이 생겨나니 반갑다. 오로지 영성가 '안젤라 아리엔스'의 말에 귀를 기울인 은총일 게다.

"드러내라. 집중하라. 당신의 진실을 말하라. 결과에 연연해하지 말아라."

그리고 페루의 해방신학자 '구띠에레즈'의 충언에도 마음을 집중하며 이 현장에 서 있다. 이 차갑고 시린 폭풍의 언덕, 그래도 당당한 친구들이 사는 남녘에……

"사랑하기 위해 진실을 말하고, 사랑하기 위해 자유롭게 되라!"

| 작가의 말-재개정판에 붙여 |

오랜 옛이야기를 다시 꺼내어 살핀다.
여전히 계속되는 이야기일 것이다.
우리가 모두 눈을 감고 있어 못 보고 못 알아채는 것일 뿐.

처음 이 수필집은 류시화 시인이 책을 내자 하시지 않았다면 세상에 나올 수 없었던 책이다.
많은 세월이 지난 일이건만 감사함을 잊지 않고 싶다.
책이 세상에 나와 동네 할머니들에게 한권씩 드렸는데 모두 주전자나 냄비 받침으로 사용하실 뿐이었다.
책이 나름대로 잘 사용되고 있음이었다.

뜻밖에도 내가 쓴 시 〈마중물〉을 아이들이 학교에서 배우기도 하고, 외우기도 하고, 내가 지은 달 이름이 잡지마다 실리기도 해서 오히려 깊이 숨어버리기도 했다.

무명씨의 시와 수필과 이야기들은 떠돌이별처럼 떠돌았다.

재개정판을 펴내게 된 〈섬앤섬〉은 실로 오랜 인연을 나누고 있었는데, 처음 그 인연의 결실을 보게 된다.
여기에 홍성담 선생님의 그림을 새로 모셨다.
오월 광주 연작판화로 세계에 널리 알려진 홍성담 님은 안동의 권정생 아저씨 동화책에 삽화를 담으셨던 인연이 있으셨다는데, 내 두 번째 책에 강아지똥 아저씨의 추천 글이 담겨 있어 인연이라고 선뜻 마음을 내주셨다.
오지고 찰진 남녘의 입담에 남녘의 얼굴로 살아온 화가의 그림이 잘 어울려 글쓴이로서 가슴이 뜨겁다.

아름다운 시절의 촌락은 사라져가나
우리는 그 기억으로 숨 쉴 수 있는 것이리라.
언제나 여전한 것은 마음이 아니던가.
마음으로 사는 것이지 몸의 현장은 슬프고 고되다.

나는 지금 메타세쿼이아 가로수길 담양에 살고 있다.
10년의 목회를 끝으로 무한정 오랜 안식년에 들어갔다.
어디 담임 목사도 않고, 산밭을 일구는 글쟁이로 함부로 나대지 않으면서 고요하게 지내는 편이다.

여전히 구성진 사투리는 내 주변에 왕왕거린다.

남도의 가락들이렷다. 이 가락에 춤을 추는 것이 나의 유일한 어깨춤이다.

그래서 나는 어깨춤이다.

안녕

2013. 7월 별들이 춤추는 여름밤

어깨춤 임의진

참꽃 피는 마을

한국어판 ⓒ 섬앤섬 출판사, 2013

지은이 임의진
그린이 홍성담

발행인 김현주
편집장 한예솔
디자인 노병권
마케팅 한희덕

등록 2008년 12월 1일 제396-2008-000090호
주소 (410-909) 경기도 고양시 일산동구 호수로 340-38 1016호(비잔티움 일산 1)
주문 및 문의 전화 070-7763-7200 팩스 031-907-9420

2013년 8월 15일 펴낸 책

이 책은 저작권법에 따라 보호받는 저작물이므로 무단 전재와 복제를 금하며, 이 책 내용의 전부 또는 일부를 이용하려면 반드시 저작권자와 섬앤섬 출판사의 서면 동의를 받아야 합니다.

ISBN 978-89-97454-08-2 03800

값은 뒤표지에 있습니다. 잘못 만든 책은 교환해 드립니다.